葉月奏太

# 酒とバイクと愛しき女

実業之日本社



実業之日本社文庫

# 酒とバイクと愛しき女　目次

# 第一章　酔いにまかせて

## 1

　腕時計を確認すると、時刻は午後五時をまわっていた。

「きりのいいところで、そろそろあがれよ」

　片田英治《かただえいじ》は営業部のフロアを見まわして、まだパソコンに向かっている部下たちに声をかけた。

　それをきっかけに、ひとりふたりと席を立ち、タイムカードを押して帰っていく。残業時間を減らして生産性を高めるのが会社の方針だ。とはいえ、当たり前の顔をして定時に退社する部下たちを見ていると、どうしても世代間のギャップを感じてしまう。

あと一か月もすれば五十歳になる。

英治が若かったころは、定時で退社するなど考えられなかった。サービス残業が当たり前で、そのあと上司に誘われれば飲みに行く。休日に接待ゴルフが入ることもめずらしくなかった。

不満がなかったわけではないが、仕事人間だった父親の背中を見て育ったせいか、働くとはそういうものだと思っていた。プライベートの時間はほとんどなかったが、たまに休みが取れたときは充実したものになった。

今の若い社員は仕事のあとで遊んだり、ジムに行ったりしているらしい。それだけの気力と体力が残っているなら、もう少し仕事に集中してほしいと思ってしまうのは、自分が年を取った証拠だろうか。

英治は中堅商社の営業部で課長を務めている。

今は部下を注意するのもむずかしい時代だ。すぐにパワハラだモラハラだと騒ぎ出す連中がいる。上司が部下の顔色をうかがう状態になっているのは、いかがなものだろうか。

（出世しないほうが楽だったな……）

ついそんなことを考えてしまう。

がむしゃらに仕事をして、同期の社員たちより出世は早かった。だが、今は虚しさを覚えている。

そういえば、最近の若い社員のなかには、出世しなくても構わないと思っている者が多いらしい。実際、課長になった自分がそう思うのだから、意外と若い連中は周囲をよく見ているのかもしれない。

（愚痴っても仕方ない……）

胸のうちで自分に言い聞かせると、確認していたファイルを閉じる。

これで連休前の仕事は終わりだ。明日からはお盆休みで、会社としては四連休になる。英治は有給休暇を使って六連休にした。レジャーのためではなく、長年、心にひっかかっていたことを解消するためだ。

休暇の申請をするとき、部長にいやな顔をされたが、有給休暇の取得は義務化されている。それこそハラスメント問題があるのでなにも言われなかったが、不満げな顔が腹立たしかった。

（たまには、有休くらい取っても構わないだろ）

英治は腹のなかでつぶやいた。

これまで会社の方針にはすべて従ってきた。入社以来、異を唱えたことは一度もない。そんな自分が有給休暇を取ったところで問題はないはずだ。上司の気に障ったかもしれないが、出世よりも大切なことがあった。

まだ午後六時前だが、営業部のフロアはがらんとしている。すでに部下たちの大半は退社していた。

英治も急いで帰り支度を整えると、すぐに会社をあとにする。

夕日に染まる大通公園を早足で歩き、地下鉄の駅へ向かう。札幌もこの時期はさすがに暑い。ネクタイを少し緩めると歩調を速める。地下鉄に乗車して隣駅で降りると、徒歩三分ほどでマンションが見えてきた。

十階建ての中古分譲マンションで、英治の部屋は四階の３ＬＤＫだ。

七年前、結婚を機に購入した。ところが、五年前に離婚したため、現在はひとりで住んでいる。わずか二年の結婚生活だった。

妻も仕事を持っていたため、当初からすれ違いの生活になっていた。わかっていたことだが、そのうち慣れると思っていた。しかし、いつしか深い溝ができて取り返しがつかなくなった。

本質的な原因は自分にある。

妻を幸せにしてやりたい気持ちは持っていたのに、どうしても過去の呪縛から逃れられなかった。

自分などが幸せになってはいけないと、心の片隅でずっと思いながら生きていた。それが妻に伝わっていたのかもしれない。ある日、妻のほうから離婚を切り出された。

――あなたは一度もわたしを見てくれなかった。

そう言われたとき、なにも言い返せなかった。

妻は悪くない。むしろ、よくやってくれたと思う。仕事を持っていたが、同時によき妻であろうとしてくれた。子宝に恵まれなかったこともあり、話し合いの結果、慰謝料なしで別れることになった。

離婚したことで投げやりになり、酒に走った時期もある。それでも、なんとか踏ん張れたのは、過去の呪縛があったからだ。

離婚の遠因になった過去を思い出して、このままではいけないと自分を奮い立たせた。考えると皮肉なことだが、二十年前の出来事から逃れられずに生きてきたのは事実だ。

（全部、俺が悪いんだ……）

こみあげる思いを抑えこみ、エントランスに足を踏み入れる。集合ポストを確認して、夕刊とダイレクトメールを手にすると、エレベーターに乗りこんだ。

独り身に戻って五年が経《た》ち、来月、五十歳になる。いつまでも逃げてはいられない。自分自身に向き合うときだ。そういう心境になるまで二十年もかかってしまった。

四階でエレベーターをおりると、廊下を進んで自室のドアを開ける。やはり室温があがっており蒸し暑い。窓を開け放って空気を入れ換えると、スーツを脱いでジーパンと白いTシャツに着替えた。

ネクタイをほどいたことで解放された気分だ。

キッチンに向かうと、冷凍のチャーハンを電子レンジで温める。最近の冷凍食品は優秀だ。簡単にうまいものが食べられるのでありがたい。冷凍庫には常にストックがあるほどだ。

ソファに座り、テレビもつけずにチャーハンをかきこんだ。

リビングは男やもめにしては、片づいているほうだろう。服は脱ぎっぱなしにせず、食器は使うたびに洗っている。ゴミはためないようにしているし、週に一度は掃除機もかけるようにしていた。

妻との復縁を期待しているわけではない。すでに、妻は再婚していると人づてに聞いていた。狙っている女がいるわけでもない。そんなことを考えられるのなら、妻ともっとうまくやれたと思う。

部屋をきれいにしているのは、自分のだらしなさを自覚しているからだ。いったん掃除をさぼれば、ずるずると汚れていくのはわかりきっている。

過去から目を背けて生きてきた。いや、過去にずっと囚《とら》われていたのかもしれない。その結果、夫婦関係もうまくいかなくなった。

（なにもなかったことにはできないんだ）

それは自分自身がいちばんよくわかっている。

食事を終えると、キッチンで皿とスプーンを手早く洗う。そして、工具箱を手にすると部屋を出て、エレベーターで地下駐車場に降りていく。蛍光灯で照らされたコンクリートの空間には乗用車が並んでいるが、一角だけ銀色に輝くバイクが停《と》まっていた。

二か月ほど前に車を売り、代わりに手に入れた英治のバイクだ。

ＧＳＸ１１００Ｓ　ＫＡＴＡＮＡ。一九八一年発売の古いバイクだが、どうしてもこれに乗りたくて探していた。そして、運良く状態のよい中古を見つけて購入した。

二十年前も、このバイクに乗っていた。

気に入っていたのは事実だが、こだわっていた理由はそれだけではない。最後に親友といっしょに走った思い出があるので、どうしても同じ型のバイクに乗りたかった。

本来、このマンションはバイクを置くことが想定されていない。そのため禁止事項もなかったが、念のため管理会社に確認した。いい顔はされなかったが、騒音には気をつけることを約束して、自分の駐車スペースにバイクを置く許可をもらった。

結婚していたら、まずできなかったことだ。

車を売ってまでバイクを買うなど、妻が許すはずがない。ちょっとした買い物や遠出をするとき、車がないと不便だ。バイクは車の代わりにはならない。あくまでも趣味の乗り物だ。

（まさか、今さら……）

工具箱を地面に置くと、バイクのシートに手を乗せる。

英治自身、この年になって、またバイクに乗るとは思いもしなかった。そんな気力はとっくに萎えたはずだった。

とにかく、こいつを手に入れて以来、自分でコツコツ直してきた。オートバイショップで整備済みの状態で売っていた。とはいえ、なにしろ古いバイクなので、あちこちガタが来ている。休みのたびに試し乗りしては、気になるところを調整するくり返しだ。そして、今では長距離を走れる完璧な状態に仕上がっていた。

（いよいよだな……）

明日の朝、ツーリングに出発する予定だ。しかし、かつてのように楽しみな気持ちだけではない。

脳裏に思い浮かべるのは、大学で知り合った友人、吉村雅人《よしむらまさと》の顔だ。雅人とは不思議と馬が合い、彼の影響で英治もバイクに乗りはじめた。何度もツーリングに出かけて、いつしか親友と呼べる関係になっていた。

大学を卒業して違う会社に就職したが、なんとか休みを合わせてツーリングに行った。仕事もプライベートも充実していたが、そんな生活はある日、突然、終わりを告げた。

二十年前のお盆休み、雅人がツーリング中の事故で亡くなったのだ。

英治と雅人は二十九歳だった。雅人のバイクは緩やかなカーブで対向車線にはみ出して、ダンプカーと正面衝突した。雅人のうしろを走っていた英治も転倒して、左腕の骨を折る怪我《けが》を負った。

しかし、体より心の痛みのほうがはるかに大きかった。

事故の一部始終を目撃したショックは計り知れない。しかも、事情があって雅人の葬儀に参列することができなかった。墓参りすら一度も行っていない。そのことがずっと心にひっかかっていた。

二十年ぶりにツーリングに出て、雅人の墓参りをするつもりだ。死んでしまった親友にしてやれるのは、それくらいしか思いつかなかった。

（雅人、待ってろよ）

英治は心のなかでつぶやき、最後の点検に取りかかった。

## 2

「こんなところにいたんですね」

ふいに背後から女性の声が聞こえた。

英治はレンチでサイドミラーを締め直しているところだ。一瞬、面倒だなと思うが、さりげなさを装って振り返った。

やはり背後に立っていたのは、営業部に所属している部下の芹沢葉子《せりざわようこ》だ。三十四歳の独身で、営業成績は常に上位に入っている。優秀な部下のひとりと言っていいだろう。

半年ほど前、英治が休みの日に、葉子が緊急の書類を届けてくれたことがあった。受け取っただけで帰すのも悪いと思い、深く考えず部屋にあげて一杯ごちそうした。

そのとき、妻のことを聞かれて、すでに離婚していると話した。隠していたわけではないが、わざわざ自分から話すことでもない。社内の者たちは、ほとんど知らなかったと思う。

以来、葉子はなにかと理由をつけて顔を出すようになった。

英治が独身だとわかり、距離を縮めようとしているのは間違いない。だからといって、仕事中にやたらと話しかけてくるわけではない。葉子の好意を感じるのは、こうして訪ねてきたときだけだ。

葉子も大人の女なので、男に鬱陶しいと思われないギリギリのラインを把握しているらしい。絶妙な距離を保ちつつ、さりげなく誘ってくる。強引に迫ることはなく、英治がその気になるのを待っていた。

しかし、英治はそんな彼女の気持ちに気づかない振りをしている。部下に手を出すと面倒なことになるのはわかりきっていた。しかも、葉子は十五も年が離れている。好意は持っていても、それが本気とは思えなかった。

（まあ、悪い気はしないがな……）

心のなかでつぶやき、苦笑を漏らす。

美しい女に好かれるのは、正直なところ男として悪い気はしない。だからといって、手近なところで欲望を解消するつもりもなかった。

「インターホンを鳴らしても返事がないから、留守なのかと思いました」

葉子は穏やかな声で語りながら歩み寄る。

セミロングの黒髪を片手で押さえると、興味があるのかないのか、バイク全体を眺めまわす。だからといって、なにか質問をするわけではない。ただ、なんとなく見ているだけだ。

いったん家に帰って、わざわざ着替えてきたらしい。ブルーのグラデーションが美しいフレアスカートに、白い半袖のブラウスという夏らしい服装だ。足もとはサンダルで、赤いペディキュアが妙に生々しく映った。

「なにかあったのか」

英治は慌てて視線をそらすと、反対側のサイドミラーも締め直す。

ふだんどおりの口調を心がけるが、胸に複雑な感情がこみあげている。わざわざ地下駐車場まで来るとは、いったいどういうつもりだろうか。できれば今夜は会いたくなかった。

「理由がないと、来たらダメですか」

悪びれもせずに言われて、英治は言葉につまってしまう。

連絡もなしに上司の家を訪ねておきながら、平気でそんな台詞《せりふ》を口にする。だからといって、一気に距離を縮めてくるわけでもない。英治が警戒しているのがわかっているらしい。すっと身を引いて、こちらの出方をうかがうのだ。

（まったく、なにを考えてるんだ……）

思わず小さく息を吐き出した。

いつも、葉子はこの調子だ。突然、訪ねてくるので、部屋にあげて酒をごちそうする。そして、たわいのない話をしながら、二、三杯飲んで帰っていく。そんなことを二週間に一度くらいの割合でくり返していた。

仕事中の葉子は物静かで目立たないが、夜にふらりと訪ねてくるときは妖しげな雰囲気をたたえている。なにを考えているのか、今ひとつわからないところがあった。

(俺が手を出しても……)

きっと拒まれないと思う。だが、一線は越えないつもりだ。

関係を持てば、しつこくつきまとわれる気がする。いや、こちらも本気になれるのなら、それも構わない。だが、英治はすでに結婚で失敗している。今、恋愛をしたところで、同じことをくり返すのは目に見えていた。

「オートバイ……乗るんですね」

葉子が独りごとのようにつぶやいた。

バイクを見ているのか、それともバイクを整備する英治を見ているのか、いずれにせよ感情のこもらない声だった。

「意外だったか?」

英治はブレーキレバーとクラッチレバーを交互に握り、遊びをチェックしながらつぶやいた。

「意外だけど、意外じゃない……」

やはり、なにを考えているのかわからない。葉子の返事はどこかふわふわしており、感情が読み取れなかった。

「変わった形してますね」

葉子が再びバイクに視線を向ける。

「カタナの初期型だよ」

英治はさらりと答えた。

日本刀をイメージしてデザインされた車体は個性的で、発売当初はずいぶん話題になった。それまでバイクに興味がなかったのに、カタナに乗りたくて免許を取った人も大勢いたらしい。

「カタナって、なんですか？」

「名前だよ、バイクの……昔、流行《はや》ったんだが……」

説明しようと思ったが、途中で言葉を呑《の》みこんだ。

彼女は興味があって尋ねたわけではない。おそらく、なにか言葉を交わしたいだけだろう。

「お父さんに聞いてみな。バイクに乗ったことがなくても、名前くらいは知ってるんじゃないか」

深い意味はない。年齢的に彼女の父親なら知っていると思っただけだ。ところが、葉子はむっつり黙りこんでしまった。なにか気に障ることでもあったのだろうか。

（参ったな……）

明日の朝は早くに出発するつもりだ。今夜はこれ以上、葉子とかかわりたくなかった。

「悪いけど、明日の朝、早いんだ。それで――」

「オートバイで遠出するんですか？」

英治の言葉は葉子の声にかき消された。

上目遣いに見つめている。誘うようでありながら、もう一歩を踏み出すことはない。おそらく、葉子は駆け引きを楽しんでいるのだろう。英治が安全な男だと思って、からかっているのではないか。葉子にとっては、ただのゲームなのかもしれない。

「久しぶりのツーリングなんだ。せっかくの連休だからね」

友人の墓参りに行くことは黙っておく。そんな個人的なことまで話す必要はないだろう。

レンチを工具箱に戻して蓋を閉める。これ以上、葉子のお遊びにつき合うつもりはない。明日に備えて早く休むつもりだ。工具箱の取っ手を握り、部屋に戻ろうとしたそのときだった。

「行かないで……」

葉子がぽつりとつぶやいた。

いつものように意味深な視線を向けることはない。なぜかうつむいて視線を合わせず、英治のTシャツの裾をちょこんとつまんでいた。

「芹沢さん？」

思わず足をとめて声をかける。

なにか様子がおかしい。葉子はうつむいたまま顔をあげず、肩を微《かす》かに震わせていた。

「行かないでください」

再び葉子がつぶやく。

いったい、なにを言い出したのだろうか。恋人でもないのに、上司のプライベートに口を出す神経が理解できない。しかし、なにか思いつめているようで、強く注意できない雰囲気が彼女にはあった。

「オートバイって、危ないんですよね」

「よくバイクは危ないって言うけど、車でも事故は起きるからね」

「でも、亡くなる率は高いんじゃないですか」

葉子はうつむいたまま言葉を紡いだ。

そう言われると反論できない。確かに、打ちどころが悪ければ、大怪我や死亡事故につながることは多い。

「昔、友達がオートバイで亡くなったって言ってたでしょ」

消え入りそうな声だった。

英治は思わず全身を硬くする。そういえば、酔ってそんな話をしたことがあった。黙りこんでおかしな雰囲気になるのを避けるため、あれこれ話題を探しているうちに、つい話してしまったのだ。

（失敗したな……）

そう思うが、今さらどうにもならない。そのとき、葉子が身体《からだ》をすっと寄せてきた。

「どうして、オートバイなんて乗るんですか」

見あげる瞳がしっとり潤んでいる。声が微かに震えて聞こえたのは、気のせいだろうか。

「お、おい、近すぎるぞ」

英治は冗談っぽく言って距離を取ろうとする。

ところが、葉子は離れようとしない。ますます身体を寄せて、英治の腕に抱きついた。その結果、ブラウスを押しあげている乳房のふくらみに、肘が思いきりめりこんだ。

「いい加減に――」

慌てて声をあげるが、思わず途中で黙りこむ。葉子の瞳から涙が溢《あふ》れて、頬を伝い落ちたのだ。

3

「とりあえず、これでも飲みなよ」

英治はグラスに赤ワインを注《つ》いだ。

イタリアのピエモンテ州で作られているバローロ・マルチェナスコだ。華やかで複雑な味わいが気に入っている。いい牛肉が手に入ったら合わせるつもりだったが、急遽《きゅうきょ》、開けることにした。

「ありがとうございます」

葉子は小声でつぶやくと、赤ワインに口をつける。

泣いている部下を追い返すわけにもいかず、仕方なく部屋にあげた。ソファを勧めると、葉子はなにも言わずに腰かけた。

「んっ……おいしい」

葉子はワインをひと口飲むと、グラスをまじまじと見つめる。濡《ぬ》れた瞳に赤い液体が反射していた。

英治は隣に腰かけてワインを飲みながら、彼女の横顔をチラリと見やった。瞳は山奥にある湖のように澄んでおり、肌は白くて染みがひとつもない。鼻梁《びりょう》が高くて、彫刻を思わせる整った顔立ちをしている。

(お、俺は、なにを……)

見惚《みと》れていることに気づき、慌てて自分を戒める。

いつの間にか、葉子のグラスが空になっていた。英治も飲みほすと、ふたりのグラスにワインを注いだ。

「少しは落ち着いたかい？」

英治は平静を装って声をかけた。

落ち着いていないのは自分のほうだ。思いがけず彼女の涙を目にしたことで動揺していた。

葉子は質問に答えることなくワイングラスに口をつける。そして、喉を潤してから静かに口を開いた。

「心配なんです。だって、危ないじゃないですか」

ツーリングのことを言っているのだろう。

しかし、葉子は妻でも恋人でもない。指一本触れていないのだから、今はまだ部下のひとりでしかない。好意を持っているから心配してくれるのだと思うが、プライベートに口を挟まれたくなかった。

「飛ばすわけじゃないんだ。危なくないさ」

「それでも危ないですよ」

「慎重に乗るから大丈夫だよ」

英治は受け答えしながら、昔をなつかしく思い出していた。

バイクに乗っているときに恋人がいると、一度や二度はこんなやり取りがあるものだ。バイクに熱中しているときは鬱陶しいと思ったが、今、独り身になった英治には甘酸っぱく感じられた。

「でも、お友達が亡くなってるんですよね」

「それは若いころの……もう、二十年前も前の話だよ」

彼女のグラスが空になっていることに気がついた。ペースが早いが注意するつもりはない。英治のグラスも空になっていた。グラスにワインを注ぐと、葉子は一気に飲みほした。

「お、おい……」

「わたし、いやです」

葉子の頰はほんのりピンクに染まっている。呂律《ろれつ》が怪しくなっており、酔いがまわってきたのは間違いない。

「片田課長になにかあったらと思うと……」

葉子はそう言うと、自分でグラスにワインを注ぎはじめた。

(これ以上はまずいな……)

面倒なことになる前に帰したほうがいい。そう思った直後、葉子がすっと身を寄せてきた。

「ねえ、抱いて」

ささやくような声だった。

英治の右腕をしっかり抱いて、肩に頰を押し当てている。甘えるようにしなだれかかり、上目遣いに見あげていた。

「な、なにを……からかうなよ」

笑ってごまかそうとするが、頰の筋肉がこわばってしまう。

これまでは誘うようなそぶりを見せるだけで、強引に迫ってくることはなかった。だから、突然の訪問でも相手にしていたのだが、今夜はなぜか直接的な言葉を投げかけてきた。

「お願い……だって、これでお別れかもしれないでしょ」

「お、おいおい、不吉なこと言うなよ」

場を和ませたいが、やはりうまく笑えない。それどころか、葉子に女を感じて視線をそらすことができなくなっていた。

「酔ってるな。飲みすぎだぞ」

英治が指摘すると、葉子は唇をとがらせる。そして、さらに身体を寄せて、顔を近づけた。

「課長が飲ませたんですよ」

「そ、そうだな……悪かった」

黒髪から甘いシャンプーの匂いが漂っている。理性が揺さぶられて、英治は懸命に体をそらしていく。

「酔っている女は、お嫌いですか？」

葉子がささやくたび、ワインの香りがまざった吐息が鼻先をかすめる。無意識のうちに深く吸いこむと頭の芯がクラクラした。この状況で突き放せるはずがなく固まってしまう。

「課長……」

葉子は顔を寄せると、そのまま唇をそっと重ねた。

とたんに柔らかい感触がひろがり、心臓の鼓動が一気に速くなる。まさかキスまでするとは思いもしない。英治が驚きのあまり動けずにいると、彼女の舌が唇を割り、口内にヌルリッと入りこんだ。

「ンっ……はンっ」

葉子は微かに鼻を鳴らしながら、英治の口のなかを舐《な》めはじめる。舌先で歯茎をなぞっては頬の内側をねぶりまわす。さらには困惑している英治の舌をからめとり、唾液ごとジュルルッと吸いあげた。

「うむっ」

舌の根が抜けるほど強く吸われて、はっと我に返る。

まずいことになった。部下とディープキスをして、唾液をすすり飲まれているのだ。完全に油断していた。これまではある程度の距離を保っていたので、ここまでするとは意外だった。

（これ以上は……）

今ならまだ間に合う。彼女を引き剝がそうとして、両手でブラウスの上から腰をつかんだ。

「あンっ……」

その瞬間、葉子の唇から甘い声が溢れ出す。

ディープキスを交わしたままなので、熱い吐息が口移しされてしまう。彼女の舌の感触が艶《なま》めかしく感じて、気持ちがどんどん昂《たかぶ》ってしまう。英治はまたしても動けなくなり、全身を硬直させた。

（俺は、なにを……）

両手は彼女の腰をつかんだままだ。くびれた腰の曲線を、手のひらでしっかり感じている。女体のなめらかな感触が伝わり、下腹部で牡《おす》の欲望がむくむくと頭をもたげてしまう。

（や、やばい……）

心のなかでつぶやくが、すでにボクサーブリーフのなかでペニスが芯を通していた。

五年前に離婚してから女性と触れ合う機会は激減した。とはいっても、性欲が減退したわけではないので、ときどき風俗に足を運ぶこともある。しかし、心まで満たされることはなく、虚しさが残るだけだった。

でも、今は葉子の情熱を感じている。なぜかはわからないが、好かれているのは間違いない。彼女の気持ちが伝わってくるから、英治もどんどん盛りあがってしまう。

「あふっ……はあンっ」

口腔《こうこう》粘膜をしゃぶるディープキスで、彼女も高まっているらしい。熱い吐息を漏らして、腰を右に左にくねらせている。そんな反応をされると、ペニスがますます硬くなってしまう。

「キス、しちゃいましたね」

ようやく唇を離すと、葉子は潤んだ瞳でつぶやいた。

「せ、芹沢さん……い、いけないよ」

理性の力を振り絞ってつぶやくが、彼女を押しのける気力はない。腰に手を添えたままで、女体の曲線を感じていた。

「どうして、いけないいんですか？」

葉子は目を見つめてささやきながら、片手を英治の太腿《ふともも》に乗せる。ジーパンごしにやさしく撫《な》でられると、それだけで期待がふくらんでしまう。

「お、俺は、上司だぞ……」

「それは会社での話ですよね」

まったく引く気がないらしい。葉子は太腿を撫でている手のひらを、少しずつ股間に向かって滑らせる。そして、ついには硬くふくらんでいる部分に、柔らかい手のひらを重ねた。

「うっ……」

軽く触れられただけなのに、体がピクッと反応する。快感がひろがり、ペニスがますます硬くなるのがわかった。

「もう、こんなに……」

葉子は目を細めてつぶやくと、唇の端に妖艶な笑みを浮かべる。

「そ、それは……」

とっさに言いわけが思い浮かばない。どんな言葉を並べたところで、勃起しているのは事実だ。

「いいんですよ。わたしで興奮してくれたんですね」

手のひらでスリスリと撫でられる。デニムの厚い生地の上からでも、ペニスに甘い刺激がひろがった。

「そ、それ以上は、ダメだ……」

もう理性は崩壊寸前だ。それでも、英治は懸命に言葉を紡いだ。

このまま流されるわけにはいかない。彼女の好意を感じれば感じるほど、心にブレーキがかかってしまう。体は反応しているが、彼女の気持ちを受け入れるわけにはいかなかった。

(今みたいな中途半端な状態では……)

英治の時間は二十年前でとまっている。

もう、次の一歩を踏み出す勇気も気力もない。自分などが幸せになる権利はない気がした。

「芹沢さんの気持ちはうれしいんだが……」

なんとか言葉を絞り出す。

細かいことまで説明するつもりはない。とにかく、これ以上、関係を深めるつもりはなかった。

「わたしじゃ、ダメなんですか？」

葉子はしなだれかかったまま、上目遣いに尋ねる。澄んだ瞳は、まるで英治の心を見透かすようだった。

「そういうことではないんだ。誰が相手でも……すまない」

眉間に深い縦皺《たてじわ》を刻んだ。

「それなら、わたしにもチャンスはあるってことですね」

葉子はそう言うなり、ソファから立ちあがった。

なにをするのかと思えば、ブラウスのボタンを上から順にはずしはじめる。前がはらりと開いて、純白レースのブラジャーが露《あらわ》になった。

大きな乳房をカップが中央に寄せており、白くて深い谷間を形作っている。ブラウスを脱いでソファに置くと、さらにフレアスカートをおろして脚から抜き取った。

「な、なにを……」

喉がカラカラに渇いてかすれた声しか出ない。なにが起きているのか理解できなかった。

「お気になさらないでください。わたしが勝手にやることですから」

葉子は頬をほんのり桜色に染めながらも、妙に落ち着き払っている。なにを考えているのか、まったくわからなかった。

「ふ、服を着るんだ」

声をかけながらも、英治の視線は女体に吸い寄せられた。

ストッキングを穿《は》いていないので、白い生脚が剝《む》き出しになっている。パンティはブラジャーとおそろいのレースで、股上が浅いデザインだ。恥丘のふくらみ具合が生々しくて、どうしても視線をそらすことができない。オフィスでは決してわからない熟れた女体が目の前にあった。

4

「英治さんは、なにもしなくていいですよ」

葉子はごく自然に名前で呼ぶと、目の前にしゃがみこんだ。

仕事中ではないので、呼び方を注意するつもりはない。しかし、いきなり距離が縮まった気がして、とまどってしまう。

葉子は両膝を絨毯《じゅうたん》につき、英治のベルトをゆるめてジーパンのボタンをはずした。さらにファスナーをおろすと、ジーパンを引きさげにかかる。英治は固まっていたが、ジーパンは強引に膝までずらされた。

グレーのボクサーブリーフには、ペニスの形がくっきり浮かんでいる。しかも、先端部分には黒っぽい染《し》みがひろがっていた。

「や、やめるんだ」

「それなら抵抗すればいいじゃないですか」

なにを言っても、葉子はやめようとしない。ボクサーブリーフのふくらみに手のひらを重ねて、肉棒をそっと握りしめた。

「うっ……ダ、ダメだ」

口では拒絶するが、彼女の手を振り払うことはできない。英治の両手はソファの座面をつかんでいた。

「どうしてダメなんですか。こんなに硬くなってるのに、説得力ないですよ」

葉子は布地ごしに太幹を軽くしごきはじめる。

反応をうかがうように英治の顔を見あげながら、指の動きを少しずつ速くしていく。すると、新たな我慢汁が溢れて、黒っぽい染みが大きくなる。とてもではないがじっとしていられず、腰がビクッと反応した。

「くッ……せ、芹沢さんっ」

「今は葉子って呼んでください」

ほっそりした指がボクサーブリーフのウエスト部分にかかる。そして、布地をゆっくりめくりおろすと、隆々とそそり勃《た》ったペニスがブルンッと鎌首を振って飛び出した。

「ああっ、すごい……」

葉子はため息まじりにつぶやき、太幹の根元に指を巻きつける。軽く握られただけだが、腰が震えるほどの快感がひろがった。

「こ、こんなことをされても、俺は芹沢さんの気持ちに――」

「仕事中じゃないんです。名前で呼んでください」

太幹をキュッと握られて、快感がさらに大きくなる。

「ううッ、こ、これ以上は……」

たまらず低い声で唸《うな》ると、葉子は楽しげに目を細めた。そして、太幹の硬さを確かめるように、強く握ったり緩めたりをくり返す。

「英治さんのここ、カチカチですよ」

白くて細い指で黒光りする太幹を擦り、顔をゆっくり亀頭に近づける。熱い吐息を感じて、いけないと思いつつ期待がふくらんでしまう。ペニスはますます反り返り、亀頭は破裂しそうなほど張りつめた。

「こんなに大きくなって……感じてくれてるんですね」

葉子はそう言って、ペニスの先端に口づけする。我慢汁が付着するのも気にせず、小鳥が餌をついばむようなキスをした。

「そ、そんなこと……くううッ」

亀頭をぱっくり咥《くわ》えこまれて、たまらず低い呻《うめ》き声が漏れてしまう。柔らかい唇でカリ首を甘く締めつけている。しかも、葉子は上目遣いに英治の表情を観察していた。

「あンンっ……大きい」

ペニスを口に含んだまま、くぐもった声でつぶやく。そして、首をゆったり振りはじめた。

「ちょ、ちょっと……ううッ」

唇で竿《さお》を擦りあげられて、とたんに快楽の波が押し寄せる。英治は思わず仰《の》け反《ぞ》り、ソファの背もたれに体を預けた。

「ンっ……ンっ……」

葉子は微かな声を漏らしながら首を振っている。スローペースの口唇ピストンで、太幹をやさしく擦りあげていた。

彼女の唾液と我慢汁がまざることで潤滑油となり、ヌルリッ、ヌルリッと滑るのが心地いい。男根から得も言われぬ快感が湧きあがって、全身へとひろがっていく。

「くうッ、せ、芹沢さんっ」

「名前で呼んでください」

葉子は首を振りながら、上目遣いに見つめている。

視線を合わせたまま、男根をチュウウッと吸引されると、背すじがゾクゾクするような快感が走り抜けた。

「おおおッ……よ、葉子っ」

反射的に彼女の名前を呼んでしまう。強い刺激を与えられて、気づいたときには口走っていた。

「うれしい。やっと呼んでくれましたね」

　葉子はいったんペニスを吐き出して、妖しげな笑みを浮かべた。

　そして、ピンク色の舌先をのぞかせると、ペニスの裏スジを根元から先端に向かって舐めあげる。触れるか触れないかの繊細なタッチが、焦《じ》れるような快感を生み出した。

「ううッ、も、もう、それ以上は……」

「遠慮しなくていいんですよ。わたしが好きでやってるんですから」

　葉子はうれしげにペニスを舐めつづける。

　裏スジを何度もくすぐり、さらには張り出したカリの裏側に舌先を潜りこませた。亀頭の周囲をグルリと一周して、さも愛《いと》おしげに舐めあげる。我慢汁が溢れると、先端に吸いついてチュウッと吸い出した。

「くううッ」

　英治が快楽の呻き声を漏らせば、葉子は亀頭をぱっくり咥えこむ。唇を太幹に密着させると、さっそく首を振りはじめた。

「あふっ……はンンっ」

色っぽい声を漏らしながら、柔らかい唇で硬い肉棒をしごきあげる。葉子は両手をペニスの両脇に置き、口だけでペニスを愛撫《あいぶ》していた。

（ま、また、こんなことを……）

英治は信じられない思いで、己の股間を見おろした。

いつもオフィスで顔を合わせている部下が男根を頬張っている。あの物静かで目立たない葉子が、下着姿で熱心にフェラチオしているのだ。

「くううッ、す、すごいっ」

淫らな光景を目の当たりにして、ますます快感が大きくなる。

唾液と我慢汁にまみれてヌルヌル滑るのがたまらない。腰に震えが走り、下腹部で生じた射精欲が急速に膨張していく。

「そ、それ以上されたら……」

英治は全身の筋肉に力をこめて、なんとか快感の波をやり過ごそうとする。ところが、葉子は頬がぼっこり窪《くぼ》むほど吸茎した。

「あむううッ」

「や、やばいっ、くおおおッ」

全身の毛穴から汗がどっと噴き出して、腰が小刻みに震えはじめる。もはや射精欲は破裂寸前だ。我慢汁をチュウッと強制的に吸い出されて、頭のなかがまっ赤に燃えあがる。

「も、もうっ、おおおおッ」

呻き声を抑えられない。英治は両手の爪をソファの座面に立てると、体を大きく仰け反らせた。

「出してっ、いっぱい出してくださいっ」

葉子はペニスを深く咥えたまま、精液のおねだりをする。その声が引き金となり、絶頂の大波が轟音《ごうおん》を響かせながら押し寄せた。

「おおおおッ、おおおおおおッ！」

口腔粘膜に包まれたペニスが激しく脈動する。ついに射精欲が爆発して、亀頭の先端から粘り気の強い精液が噴き出した。

「はンンンッ」

絶頂と同時に、葉子が思いきり太幹を吸いあげる。そうすることで射精の快感が二倍にも三倍にもふくれあがり、英治はたまらず股間を突きあげて、獣のような唸り声を放っていた。

「くおおおおッ！」

凄《すさ》まじい快感の嵐が吹き荒れる。頭のなかがまっ白になり、なにも考えられなくなった。

絶頂のピークは長くつづき、その間、全身が小刻みに痙攣《けいれん》していた。大量の精液を放出して、ようやく硬直していた体から力が抜けていく。葉子はまだペニスを根元まで咥えており、注がれる精液をすべて嚥下《えんげ》した。

絶頂の余韻で頭の芯まで痺《しび》れている。

葉子はペニスが萎えるまで尿道口を念入りに舐めて、最後の一滴まで飲んでくれた。ようやくペニスを解放して顔をあげると、細い指先で唇のまわりをそっと拭った。

あれほど大胆にフェラチオしたのに、終わると恥ずかしげに視線をそらす。葉子もペニスを咥えたことで興奮していたのではないか。その結果、思いがけず淫らに振る舞ってしまったのかもしれない。

(まさか、こんなことが……)

英治はソファでぐったりしながら、なにを言うべきか悩んでいた。

すべてが予想外で、なにが起きたのか整理ができていない。とにかく、葉子が情熱的な女性だということだけはわかった。オフィスのおとなしい姿からは想像できないが、胸のうちには誰よりも熱い想《おも》いを秘めていた。

葉子は恥ずかしげにうつむいたまま、服を身につけていく。

てっきり、さらに迫ってくると思っていたので意外な行動だ。英治は困惑しながらも、剝き出しのペニスをボクサーブリーフに収めて、膝にからんでいたジーパンを引きあげた。

「英治さん……」

身だしなみを整えた葉子は、いつもの物静かな女性に戻っていた。

つい先ほどまで、勃起したペニスを咥えていたとは思えない。だが、小首を傾《かし》げる姿が、以前よりも眩《まぶ》しく感じられた。

「つづきは、また今度、お願いします」

そう言って、目の下をほんのり桜色に染めあげる。

恥じらう表情は、あれほど大胆なことをしたのが嘘のように愛らしい。英治は一瞬で胸を射貫《いぬ》かれて、思わず抱きしめたい衝動に駆られた。

(バカだな俺は……なにをその気になってるんだ)

心のなかで自分を戒める。

濃厚な愛撫をしてもらったことで、簡単に気持ちが傾いていた。若いころならともかく、アラフィフの男がみっともない。そう思うが、彼女の気持ちはしっかり伝わっていた。

「こんなことは、これっきりに――」

「絶対に帰ってきてくださいね」

英治のつぶやきは、葉子の声にかき消される。

どうやら、バイクにあまりいい印象がないらしい。危ない乗り物だと思いこんでいる節があった。

「帰ってくるさ、必ず……」

自分に言い聞かせるようにつぶやいた。

たった今、葉子に誓ったことで、ふと気づいたことがあった。

バイクを購入したのは二か月前だ。それからコツコツと整備してきたが、どこか投げやりな部分があった。命を粗末にするつもりはないが、ツーリングで死ぬこともあるのだと頭の片隅で思っていた。

(俺は……まさか……)

亡き友、雅人の顔が脳裏に浮かんだ。

疲れていたのかもしれない。自分でも気づかなかったが、雅人の墓参りに行くことで、すべてを終わらせるつもりだったのではないか。少なくとも、必ず帰ってくるという強い気持ちはなかった。

「わたし、待ってます」

葉子が真剣な表情でつぶやいた。

やはり、面倒なことになりそうだ。しかし、不思議と悪い気はしない。久しぶりに胸がときめいているのも事実だった。

# 第二章　屈斜路湖の熱い夜

## 1

翌朝八時に目を覚ました。

カーテンを開け放てば、雲ひとつない青空がひろがっている。予定より少し遅くなったが、すがすがしい気分だ。葉子との触れ合いが、英治の心に変化をもたらしたのは間違いない。

（まったく、いい年をして……）

思わず苦笑が漏れるが、まるで十代に戻ったようで悪くなかった。

葉子は昨夜のうちに帰っていた。酔っているので泊まることを勧めたが、本人が帰ると言って聞かなかった。仕方なくタクシーを呼び、乗りこむところまで見届けた。

帰りぎわ、葉子は必死に隠していたが、涙ぐんでいたことに気づいていた。

英治に抱いてもらえなかったことを悲しんでいたのか、それとも永遠の別れになることを予感していたのか。

（必ず帰ってくる。約束しただろ）

脳裏に葉子の顔を思い浮かべて、心のなかでつぶやいた。

急いで顔を洗うと、カップラーメンで手早く食事をすませる。とにかく、急いで出発したい。お盆休みなので、道が混むはずだ。北海道は本州のような激しい渋滞はないので、街を抜けてしまえば大丈夫だと予想していた。

食事を終えると、ジーパンにTシャツ、そのうえにバイク用の薄手の黒いブルゾンを羽織る。夏でも風を全身に受けるため、意外と体温を奪われてしまう。長時間のツーリングならなおさらだ。

それに、転倒したときの怪我《けが》を最小限に抑える意味でも、肌の露出をできるだけ少なくする必要がある。

若いころは、よくTシャツでバイクに乗っていた。それが格好いいと勘違いしていたのだが、転倒して肘をひどく擦りむいた。それからは、必ず長袖を着るようになった。

バイク用のブルゾンは背中に通気口があり、首もとから侵入した空気が抜ける仕組みだ。このシステムがないと、走行中にブルゾンがふくらんでバタつき、疲労につながる。バイクに乗るときは、専用の服がいちばんだ。

（忘れ物はないな……）

しっかり戸締まりをすると、黒のライディングブーツを履き、荷物を持って地下の駐車場に向かう。

念のため有休を取って六連休にしたが、順調にいけば三泊か四泊で札幌に戻ってくる予定だ。だから、荷物はそれほど多くない。今回は久しぶりなので、テントは使わない。寝袋は持っていくが、基本的にビジネスホテルなどを泊まり歩くつもりだ。

エレベーターを降りると、銀色に輝くバイクに歩み寄る。

まずはタンクバッグを取りつけた。これは強力な磁石で固定するタイプで、走行中もまず取れることはない。それでいながら取り外しも簡単なので、貴重品を入れるのに重宝する。

タンデムシートにも、大きなバッグをゴムバンドで固定する。これもバイク用で防水になっているので、着替えの服や寝袋など、たまにしか出さないものを入れておく。

本当ならエンジンをかけて暖機運転をしながら準備をすれば、すぐに出発できる。しかし、マンションの地下駐車場なので仕方がない。騒音の苦情が出ると肩身が狭くなる。

準備が整ってからバイクにまたがり、ヘルメットをかぶって革のグローブをつける。エンジンをかけると、急いで地下駐車場から外に出た。

道路の隅にいったんバイクを停《と》めて、まずは暖機運転だ。アイドリングでエンジンの各部にオイルをめぐらせてなじませる。そうしなければ、エンジンを傷めることにつながるし、走り出しても動きがギクシャクする。古いバイクなので、なおさら気をつけなければならなかった。

（よし、そろそろ大丈夫だな）

エンジン音がなめらかになってきた。このあたりは勘だが、そろそろ暖まってきたころだろう。

いよいよ出発だ。

左足でサイドスタンドを跳ねあげるとギアを一速に入れて、右手で握ったアクセルを慎重にまわしていく。左手のクラッチレバーをそっとつなげば、1100ccの大きなバイクが滑るように走り出した。

二十年ぶりのツーリングだ。自分の体とバイクの調子を見ながら、流れに乗って走っていく。

予想していたとおり、街中を走行している車はふだんよりも多い。現在の時刻は午前九時すぎだ。この感じだと、時間とともに交通量が増えるはずだ。やはり、少しでも早く札幌を抜け出したほうがいいだろう。

信号が多いので緊張する。バイクは発車や停車のときに、バランスを崩して転倒することが多い。いわゆる、立ちゴケというやつだ。慣れてきたころが危険なので、しばらく注意する必要がある。

今回のツーリングの目的は、雅人の墓参りだ。

墓は稚内《わっかない》市にあるが、まずは札幌から網走《あばしり》に抜ける。そして、雅人が好きだったオホーツク海沿いの道を北上するつもりだ。

国道275号線に入り、ひたすら走る。高速道路を使えば早いが、味気ないものになってしまう。景色がよく見えず、ただ走っているだけになるのはおもしろくない。せっかくのツーリングなので景色を楽しみたい。

札幌を離れるにつれて、店舗や住宅が減っていく。信号が減り、車の流れもよくなり、走りやすくなってきた。

一時間も走れば、周囲に牧草地が現れる。

チラリと見やれば、遠くに放牧されている牛がいた。白と黒の模様が特徴的なホルスタインだ。牛の餌になる牧草をまとめて大きなロール状にしたものが、いくつも転がっていた。

札幌に住んでいれば、それほどめずらしい光景ではない。中心部からでも少し走れば、酪農家はいくつもある。しかし、ツーリングで目にすると、心が躍るから不思議なものだ。

青空の下、バイクのエンジン音が心地よく響いている。

遠くまでつづく放牧地を眺めながら走っていると、気持ちがスーッと軽くなっていく。都会の喧騒《けんそう》から離れていることを実感して、心が解き放たれていくのがわかった。

（天気もいいし、最高だな）

ヘルメットのなかで、思わず笑みを浮かべる。

こんな気持ちになれるのも葉子のおかげだ。昨夜のことがある前は、ツーリングの準備をしていても気分は重かった。二十年前のけじめをつけることばかりが頭にあり、どうしても楽しめる感じではなかった。

だが、葉子が熱い想《おも》いをぶつけてくれたことで、少しだけ前向きになれた気がする。とにかく、この旅を楽しんで、墓前ではその報告をしようと思う。それがバイクを愛した亡き友への供養になるはずだ。

国道275号線を走り、途中から国道12号線に合流する。休むことなく一気に進んで、三時間ほどで旭川《あさひかわ》市に到着した。

時刻は午後零時半になるところだ。まずはガソリンスタンドに寄って満タンにすると、通りがかりのラーメン屋に入った。

たまたま目についた店だが、ピンと来るものがあった。看板が小汚くて飾り気がないが、いかにも地元で愛されているラーメン屋という感じがする。英治の経験上、こういう店はうまいことが多い。

店内は混んでいるが、ちょうどカウンター席がひとつだけ空いていた。

北海道はラーメンが有名だが、地域によって特色がある。札幌は味噌《みそ》、函館は塩、そして、旭川は醤油《しょうゆ》というのが定番だ。迷うことなく醤油ラーメンと餃子を注文した。

ほどなくしてラーメンと餃子が出てきた。

ラーメンのスープは濃すぎず薄すぎず、表面に薄く脂が浮いている。メンマとネギ、それに大きめのチャーシューが食欲をそそった。まずはレンゲでスープをひと口飲んでみる。

（うまいっ）

思わず唸《うな》るほど美味だ。

豚骨と鶏《とり》ガラ、それに煮干しなどの魚介系を合わせているようだ。あっさりしているがコクもあり、飲み飽きない味だ。中太の縮れ麺との相性も抜群で箸がとまらなくなってしまう。

餃子はいわゆる羽根つきというやつだ。外はパリッとしていて、なかは肉汁がたっぷり入っている。これもじつに美味で、一気に平らげた。

（やっぱり、正解だったな）

満足して店をあとにする。

こういう出会いもツーリングの醍醐《だいご》味《み》だ。事前にリサーチしておくのもアリだと思うが、勘でうまい店に当たったときの喜びは捨てがたい。昔から行き当たりばったりの旅が好きだった。

若いころ、バイクとツーリングにはまったときの記憶がよみがえる。それと同時に、胸に甘酸っぱい気持ちがひろがった。

（楽しかったよな……）

つい昔を懐かしんでしまうのは、おじさんになった証拠かもしれない。

雅人とつるんでのツーリングは最高だった。互いにつき合っている彼女がいたが、ツーリングのときはうしろに乗せなかった。

荷物が多くてタンデムできないという事情もあったが、なにより男同士の友情を大切にしたかったというのが本心だ。あのころは男だけで旅をするのが、とにかく楽しかった。

（よし、行くか）

英治は再びバイクにまたがり、エンジンをかけた。

感傷に浸っている場合ではない。墓参り以外は自由気ままな旅だが、ツーリングの後半は疲れがたまってくるはずだ。それを考えると、今日はできるだけ進んでおきたかった。

国道39号線に入り、東へと向かう。一時間ほど走っただろうか。いつしか周囲には建物がほとんどなくなった。目に映るのは草原と山だ。天気がいいので緑が映える。空気も澄んでいるような気がして、思わずヘルメットのシールドを開けて走った。

しかし、飛ばしすぎには注意だ。こういう気持ちのいい道路は、スピード違反の測定をやっていることが多い。とくに街の入口や出口は、ネズミ取りをやっていたり、パトカーが隠れていたりするのだ。

適度な速度で走る車のうしろをついていく。いかにも警察がいそうな道では、昔からそうするようにしていた。

やがて層雲峡《そううんきょう》に到着する。

層雲峡は大雪山《だいせつざん》国立公園のなかにある峡谷で、北海道でも屈指の温泉街だ。ホテルが立ち並ぶ地域に差しかかる。もう少し先に進むと、流星の滝や銀河の滝などの観光名所があり、多くの人たちが訪れる。せっかくなので、英治も銀河の滝に立ち寄った。

川沿いの道を進み、駐車場にバイクを停める。人が大勢いるのでゆっくりする雰囲気ではないが、岩肌を流れ落ちる滝は美しい。周囲の緑と相まって、眺めているだけで癒やされる気がした。

マイナスイオンを体いっぱいに浴びて、缶コーヒーで喉を潤すと、すぐに走りはじめる。もしかしたら、忙《せわ》しなく見えるかもしれない。だが、バイクに乗ること自体が楽しいので、昔から観光地でゆっくりすることはなかった。

国道39号線をひたすら進む。旭川から離れるほどに気温がさがっている。周囲にあるのは緑の木々だけだ。日光が木で遮られることが多いせいか、八月とは思えないほど涼しくなっていた。

以前、真夏なのに気温が低くて、持参していたバイク用のレインコートを着て寒さをしのいだことがあった。あれは宗谷《そうや》岬を走っていたときのことだ。震えながら食堂に入ると、ストーブがついていた。北海道は基本的に涼しいが、さすがに八月のストーブには驚かされた。

その苦い経験があったので、トレーナーを持参していた。これから峠を越えるので、さらに気温はさがるはずだ。いったん、バイクを道路の脇に停めると、ブルゾンのなかにトレーナーを着こんだ。

(これで大丈夫だ)

気持ちを引き締めて走りはじめる。

向かうは石北《せきほく》峠だ。峠道は久しぶりなので、なおさら緊張する。本州の峠道のようにタイトではないが、それでもカーブの連続だ。予想していたとおり、気温もぐんとさがってきた。

（これは寒いな……）

思わず心のなかでつぶやいた。

ジーパンの膝に風が当たり、冷たくなっている。予想以上に寒いので、レインコートを着たほうがいいかもしれない。そんなことを考えていると、石北峠展望台の駐車場が見えてきた。

ウインカーを出して駐車場に入ると、バイクを停めてエンジンを切った。ここからは峠をおりるだけなので、これ以上、気温がさがることはない。レインコートを着なくて大丈夫だろう。

せっかくなので、展望台から景色を眺めることにする。

山が遠くまで連なっている。人工物はいっさいなく、鬱蒼《うっそう》とした森がひろがっているだけだ。大自然のなかに道路が通り、この展望台がある。そこにちっぽけな自分が立っていた。

ただ緑を眺めているだけなのに、心が洗われるような気分になるのはなぜだろうか。自分の小ささを実感することで、胸に抱えている悩みなど、取るに足りないものだと思える。だから、気持ちが軽くなるのかもしれない。
英治は駐車場に戻ると、再びバイクで走りはじめた。
(温泉に入りたいな……)
石北峠をくだりながら、ふと思う。
体が冷えたせいもあるが、じつは層雲峡を通ったときから温泉が気になってい
た。予定を変更して、温泉がある場所に泊まるのもありかもしれない。そういう
ことができるのも、気ままな旅のいいところだ。
石北峠をおりて平地になると、やはり気温が少しあがってきた。とはいえ、一
度冷えているので、トレーナーを着ていてちょうどいい。そのままの格好で走り
つづける。
相変わらず目に入るのは、青い空と木々の緑だけだ。森のなかに道路が作られ
ており、建物はいっさい見当たらない。こんな場所に道路があるのが不思議に思
えるほど、大自然のなかを延々と走っていた。
(どこの温泉にしようかな……)
腕時計をチラリと確認すると、午後四時になるところだ。そろそろ、今夜の宿
も決めたほうがいいだろう。

温泉なら網走にもある。だが、ここまで来たのなら、以前、行ったことのある屈斜路《くっしゃろ》湖まで足を伸ばすのもありかもしれない。屈斜路湖の湖畔に、いい感じの露天風呂があったのを思い出した。

あれは大学二年のときだった。

雅人とツーリングをして、ライダーハウスに泊まったことがあった。ライダーハウスとは格安の宿泊施設で、たいていは大広間で雑魚寝《ざこね》をするシステムだ。宿泊者は寝袋を持参して寝ることになる。雨風をしのぐだけだが、宿泊料金は百円から三百円くらいなので、当時はどこも満員だった。

バイクで旅をするライダー、自転車で各地をまわるチャリダー、自分の足で歩くことにこだわるトホダーなどが、ライダーハウスの主な利用者だ。そこで旅の情報を交換するのが楽しかった。

とあるライダーハウスに宿泊したとき、混浴の露天風呂があるという噂《うわさ》を耳にした。まだ若かった雅人と英治は、翌日その露天風呂に向かった。もちろん、目的は温泉よりも混浴だ。

そして、屈斜路湖の湖畔に、噂の混浴露天風呂を発見した。

ところが、期待していた若い女性は入っていなかった。雅人と英治はのぼせる寸前まで粘ったが、結局、女性は現れなかった。そんな苦い思い出があるが、露天風呂としてはよかったと記憶している。

（あそこに行ってみるか）

屈斜路湖の周辺なら宿泊施設もあるだろう。

そのまま走りつづけて北見《きたみ》市に入った。久しぶりの大きな街で、車の交通量が一気に増える。信号に引っかかることも多くて走りづらい。疲れもたまってきたので、ガソリンスタンドに寄るついでに一服することにした。

ガソリンはまだ残っているが、先のことを考えると満タンにしておいたほうがいいだろう。田舎はガソリンスタンドが少ないし、あったとしても閉店時間が早かったりする。ガソリンは小まめに入れておくほうが安全だ。

## 2

美幌《びほろ》町から国道243号線に入ると、一気に屈斜路湖を目指す。

街を抜けたことで信号がなくなり、車の流れがよくなった。時刻は午後五時すぎだ。薄暗くなったのでライトを点灯した。

周囲には建物がなくなり、森のなかを進む一本道になっている。そのとき、路肩にバイクが停まっているのが見えた。いや、停まっているのではなく、バイクを押しながら歩いていた。

（故障か？）

英治はいったん通りすぎたが、気になってUターンする。そして、先ほどのバイクのところで停車した。

「どうかしましたか？」

躊躇《ちゅうちょ》せずに声をかける。

見知らぬ者でもライダー同士、助け合うのは当然のことだ。ツーリング中はアクシデントもあるのでなおさらだ。

「ガス欠になってしまって……」

バイクを押していたのは若い女性だった。

ガソリンスタンドまで押していくつもりらしい。ヘルメットを取り、バイクのミラーにかけていた。明るい色の髪が、吹き抜ける風になびいている。愛らしい顔をしており、額には玉の汗が浮かんでいた。タイトなジーパンに赤いライディングブーツ、赤いブルゾンという格好だ。

バイクはホンダのレブル250。昔からあるアメリカンタイプの車種だが、英治が知っているレブルとは、だいぶ雰囲気が違っている。おそらく、最近の型なのだろう。250ccとはいえ、女性が押して歩くのは大変だ。

「この先、スタンドはしばらくないと思うよ」

「えっ、そうなんですか……戻ったほうがいいかな」

彼女は困った顔をしてつぶやいた。

「俺が買ってきてやる。ここで待ってな」

「でも……」

見ず知らずの男に声をかけられて、とまどっているようだ。

「困ったときはお互いさまだろ。近くのスタンドまで十キロはある。もう日が暮れるから危ないよ。動かないで待ってな」

そう言い残して、英治は来た道を戻った。

やはり十キロほど走るとガソリンスタンドが見えた。事情を話して、四リットルのオイル缶にガソリンを入れてもらう。それをタンデムシートにバッグをくくりつけているゴムバンドに挟みこんだ。

再び国道を戻れば、先ほどの女性が路肩にたたずんでいた。

あたりはだいぶ暗くなっている。心細かったのか、瞳にはうっすら涙が浮かんでいた。

「四リットルある。250なら、だいぶ走れるだろ」

キーを借りて、ガソリンタンクに入れてやる。セルモーターをまわせば、すぐにエンジンがかかった。

「ほら、これで大丈夫だ」

「ありがとうございます。助かりました」

満面に笑みを浮かべると、愛らしい顔がますます魅力的になる。安心してテンションがあがったのか、英治の手を握って小さくジャンプした。

「じゃあ、そういうことで」

英治は急に照れくさくなり、すぐに背中を向けて自分のバイクにまたがった。

「待ってください。ガソリン代を――」

「気にしなくていいよ。俺もいろんな人に助けられてきたんだ。同じようなことがあったとき、今度はキミが助けてやるんだぞ」

自分がしてもらったことを返しているだけだ。

英治も若いころは、旅先で出会ったライダーに食事をおごってもらったり、金を貸してもらったこともある。それなのに、名前も聞かずに別れてしまった人も多くいる。誰も見返りなど求めていない。ツーリングしているだけで、不思議と仲間意識が芽生えるのだ。

「ガソリンは小まめに入れろよ」

走り去ろうとするが、彼女に腕をつかまれた。

「せめて、お名前だけでも。わたしは——」

彼女は東野《ひがしの》麻衣《まい》と名乗った。二十歳の大学生で、東京からツーリングに来たという。

恩着せがましくなったり、下心があると思われるのはいやなので、ガソリンを渡したら、すぐに立ち去るつもりでいた。ところが、先に自己紹介されてしまったので、仕方なく英治も名前を告げた。

「英治さんですね。一生、忘れません」

麻衣はにっこり微笑《ほほえ》むと、頭をぺこりとさげた。

その笑顔が眩《まぶ》しくて、ますます照れくさくなってしまう。顔が熱く火照っているのに気づき、赤面していることを自覚する。ヘルメットをかぶったままでよかった。中年男が若い女性の前でデレデレしているのは格好悪い。

「じゃあ、気をつけて」

英治はそう言い残して走り去った。

彼女は別の誰かに恩返しをすればいい。特別なことをしたわけではない。ツーリングをしていれば、よくあることだ。思いがけず時間を使ってしまったが、こういうハプニングも含めて、やはり旅はおもしろい。

完全に日が落ちた午後六時半すぎ、ようやく目的の場所に到着した。

屈斜路湖の湖畔にあるコタンの湯という露天風呂だ。脱衣所は男女で分かれているが、露天風呂は混浴になっている。浴槽の手前は岩で区切られているが、奥のほうでつながっているのだ。

しかも、無料で二十四時間入浴可能だというからありがたい。その代わり、照明器具はないので夜はまっ暗だ。だが、今夜は晴れていて、月が出ているので助かった。

ぼんやりした月光が露天風呂を照らしている。

屈斜路湖に面した岩風呂だ。すでに日が落ちているせいか、ほかに入浴客はいなかった。

（貸し切りだな……）

さっそく服を脱ぎ、かけ湯をしてから露天風呂に浸《つ》かる。

適度な湯温が心地よくて、思わず呻《うめ》き声が溢《あふ》れ出す。両手で湯をすくって顔を撫《な》でると、旅の疲れが吹き飛ぶ気がした。

肩まで湯に浸かって屈斜路湖に視線を向ける。月明かりが水面に映り、ゆらゆら揺れるのが幻想的だ。露天風呂と湖の境目がわからなくなり、浴槽がどこまでもつづいているような錯覚に囚《とら》われる。

しかも、ひとりでゆっくり入れるので最高の気分だ。

のんびり浸かっていると、遠くからバイクのエンジン音が近づいてきた。そして、すぐ近くで停まるのがわかった。どうやら、客が来たらしい。残念ながら貸し切りの時間は終わりのようだ。

女性の脱衣所のほうから物音が聞こえる。そして、湯の弾《はじ》ける音がして、浴槽に浸かるのがわかった。

（女の人だ……）

思わず身構えてしまう。

露天風呂の手前は岩で仕切られているので姿は見えない。しかし、女性であるのは間違いなかった。

どうやら、ひとりで入っているようだ。男の客がいることをわかっているのだろうか。驚かせたくないので、湯で顔を洗ってわざと音を立てた。

「あの……」

ふいに声が聞こえてドキリとする。若い女性の声だ。

「もしかして、英治さんですか？」

名前を呼ばれて、さらに緊張が高まった。

「突然すみません。麻衣です。さっき助けてもらった」

英治がとまどっていると、再び声が聞こえた。そして、湯の弾ける音が聞こえて、岩の影から人影が現れる。

「こんばんは」

身体《からだ》にタオルを巻きつけた麻衣が、恥ずかしげに微笑んでいた。

髪を結いあげて、後頭部でまとめている。月明かりが白い肩を照らしているのが妙に色っぽい。巻きつけたタオルの縁が乳房に食いこんでいる。柔肉がひしゃげているのが気になって仕方がない。しかも、タオルの裾がミニスカートのようになっており、白くて瑞々《みずみず》しい太腿《ふともも》がのぞいていた。

「よ、よう……」

英治は懸命に平静を装って言葉を絞り出した。

コタンの湯は混浴なので、水着やタオルを巻いての入浴が許されている。とはいえ、目の前に立っているのは若い女性だ。あまり見てはいけないと思って視線をそらした。

「ごいっしょしても、いいですか？」

麻衣はそう言うと、英治の返事を待たずに近づいてくる。そして、すぐ隣で湯に浸かった。

「すごい偶然ですね」

麻衣の声は弾んでいる。

英治は横顔に彼女の視線を感じて、不自然に前だけを見つめていた。もちろん、見たい気持ちはあるが、なんとかこらえていた。

「この温泉に入るって決めていたんです。そうしたら、英治さんと同じオートバイが停まっていたから、もしかしてと思ったんです」

「そうなんだ……」

「さっきは本当にありがとうございました」

偶然の再会でテンションがあがっているのかもしれない。麻衣はひとりでしゃべりつづけている。

バイクの免許はつき合っている彼氏の影響で取ったという。そして、夏休みを利用して、北海道をツーリングすることにした。三日前にフェリーで東京から苫《とま》小牧《こまい》に到着すると、自由気ままに道内を走っていたらしい。

「バイク、好きなんだ」

英治が尋ねると、ほんの一瞬、間が空いた。

「どうなのかな……オートバイって孤独ですよね」

その言い方が気になり、つい隣を見てしまう。すると、麻衣は遠い目をして湖を眺めていた。

肩が湯で濡《ぬ》れている。湯が瑞々しい肌に弾かれて、玉のようになっていた。髪を結いあげているため、白いうなじが剝《む》き出しになっている。ドキリとして思わず見つめてしまう。

（な、なにをやってるんだ……）

心のなかで自分を戒めると、うなじから視線を引き剝がす。ところが、今度は湯のなかで揺れている彼女の美脚が目に入った。

浴槽で腰をおろしたため、バスタオルがずりあがり、太腿がつけ根近くのきわどいところまで露《あらわ》になっている。月明かりしかないため、はっきり見えないのがもどかしい。だが、それがよけいに妄想を加速させた。

まさか二十歳の女子大生と混浴することになるとは思いもしない。麻衣は自分のような中年男がいやではないのだろうか。

「英治さんは、どこに住んでるんですか」

ふいに麻衣がこちらを向いたので、英治は慌てて視線をそらした。

「さ、札幌だよ」

「それなら、夏は毎年ツーリングをしてるんですね」

「いや……バイクに乗るのは久しぶりなんだ」

乗らなくなった経緯まで語るつもりはない。つっこんで聞かれたら面倒だと思ったが、彼女はそれ以上、尋ねることはなかった。

「混浴に抵抗はないの？」

「知らない人はいやですけど、英治さんはいい人だってわかってますから」

麻衣はそう言って、ふふっと笑う。

いい人と言われると恥ずかしくなる。それと同時に、よけいに彼女の身体を見てはいけないと思った。

「正直言うと、英治さんに声をかけられたときは、ちょっとびっくりしちゃいました。でも、親切な方でよかったです」

「そんなのわからないだろ。下心があるかもしれないぞ」

安全な男と思われるのも少し淋《さび》しい気がする。悪ぶってみるが、彼女は笑顔を崩さない。

「ガソリンだけ渡して、すぐ行こうとしたじゃないですか。下心があれば、見返りを求めたりするんですよね」

麻衣は自信満々に言うが、下心がまったくなかったと言えば嘘《うそ》になる。彼女がかわいかったから、邪《よこしま》な気持ちが湧きあがる前に立ち去った。というのが、あのときの偽らざる心境だ。

「俺はそろそろあがるよ。のぼせそうだ」

「どこに泊まるんですか？」

英治が腰を浮かしかけると、麻衣がすかさず質問する。

「まだ決めてないけど、近くのホテルかな。キミはどうするの？」

「わたしも、適当に探してみるつもりです」

「そう。気をつけて」

英治はそそくさと露天風呂からあがり、脱衣所に向かった。

（こんな偶然もあるんだな……）

体を拭いて服を着ながら、心のなかでつぶやいた。

まさか、先ほど助けた女子大生と露天風呂で再会するとは驚きだ。ラッキーなシチュエーションだったが、ふたりきりだと緊張してしまう。もったいないことをしたと思うが、若い身体をほとんど見ることはできなかった。

## 3

コタンの湯の少し手前にホテルがあったので、そこに向かう。

部屋が空いていたのでほっとする。だが、シングルではなく、ダブルルームしかなかった。高くつくが仕方ない。この時間からホテルを探してまわるのはつらかった。

駐車場の片隅に、バイク専用のスペースが確保されていた。おそらく、ツーリング客が多いのだろう。バイクを停めて荷物をおろすと部屋に向かう。四階のダブルルームで、昼間は窓から屈斜路湖が一望できるという。

（ひとりで泊まる部屋じゃないな……）

思わず苦笑が漏れる。

室内を見まわせば、間接照明のムーディな光がダブルベッドを照らしているのだ。このお洒落《しゃれ》な部屋に、中年男がひとりで泊まるとは淋しすぎる。明日からは早めにホテルを探すことを心に誓った。

本日の走行距離は、三百七十キロほどだ。久しぶりのツーリングにしては走ったほうだろう。

だいぶ慣れたつもりでいたが、無駄な力が入っていたらしい。腕や肩が凝っていた。バイクは振動が全身に伝わるため、気づくと疲労が蓄積している。長距離を乗るのは二十年ぶりなので、なおさらだった。

（さてと、飯でも食いに行くか）

猛烈に腹が減っていた。

時刻はもうすぐ午後九時になるところだ。ホテルの一階にレストランが入っていたので、そこで食事をして早々に休むつもりだ。

部屋を出て、エレベーターで一階におりる。レストランに入ると、奮発してサーロインステーキセットをオーダーした。

若いころのツーリングでは、ステーキを食べるなどあり得なかった。そもそもホテルに泊まったことなどない。テントを持参して寝袋で寝るのが基本だ。食事も安あがりにして、インスタントラーメンのことも多かった。

当時はそんな貧乏旅行が楽しかったが、中年になった今は少しくらい贅沢をしてもいいだろう。

（そういえば……）

ふと葉子のことを思い出す。

ポケットからスマートホンを取り出してメールを確認するが、葉子から連絡は来ていなかった。

この連休、葉子はなにをしているのだろうか。自分のツーリングのことばかり考えていたため、彼女の予定は聞いていなかった。今にして思うと、少し冷たかったかもしれない。

（バカだな、俺は……）

自分自身に呆《あき》れてしまう。

来月、五十歳になる。そんな自分に好意を寄せてくれる女性は、二度と現れないかもしれない。それに葉子は整った顔立ちの美しい女性だ。もう少しやさしく接しておくべきだった。

今さらメールを送ったところで、相手にされない気がする。スマホの画面を見つめて躊躇していると、人が近づいてくる気配があった。

「またお会いしましたね」

顔をあげると、そこには麻衣が立っていた。

白いTシャツにジーパン、それにライディングブーツという格好だ。明るい色の髪が肩に柔らかく垂れかかっていた。

「ここ、いいですか?」

麻衣は小首を傾《かし》げるようにして尋ねる。英治は驚きを隠せず、無言でこっくりうなずいた。

「失礼します」

そう言って、麻衣は向かいの席に座った。ウエイトレスがやってくると、ハンバーグセットを注文した。

「オートバイって、お腹《なか》が空《す》きますよね」

麻衣は楽しげに笑っているが、英治は笑うことができなかった。

「偶然……じゃないよね」

「バレちゃいました？」

悪びれた様子もなく言うと、麻衣は肩を小さくすくめる。そして、気まずそうに視線をそらした。

「英治さんのオートバイが停まっていたから、わたしもこのホテルに決めたんです」

「どうして……」

若い彼女が中年男を追いかけてくる理由がわからない。少なくとも、恋愛感情を抱いているとは思えなかった。

「だって、話し相手がいないと淋しいじゃないですか」

こちらの疑念が伝わったのか、麻衣は唇を少しとがらせてつぶやいた。

「そんなことは――」

「ひとり旅なら当たり前ですよね。でも、淋しくなっちゃったんです」

英治の言葉は、彼女の声にかき消される。

「ご迷惑でしたか？」

麻衣は顔色をうかがうように見つめてくる。申しわけなさげな声になっているのが、かわいそうに思えてきた。

「迷惑じゃないよ。迷惑じゃないけど……」

「けど？」

「俺みたいなおじさんと話しても、おもしろくないだろ」

「そんなことないですよ。わたし、守備範囲がひろいんです」

麻衣は屈託のない笑みを浮かべる。

今ひとつ、なにを考えているのかわからない。とにかく、話し相手がほしかったのは事実のようだ。

やがて、英治のステーキと麻衣のハンバーグが運ばれてきた。食事をしながら話しつづける。意外なことに麻衣は人見知りだという。

「初対面の人だと、自分から話しかけられないんです」

そう言って、頰をほんのり赤らめる。英治に懐いた理由が、なんとなくわかった気がした。

「俺も人見知りなんだけどな」

英治が冗談めかして言うと、麻衣は驚いた顔をする。

「じゃあ、どうして話しかけてくれたんですか」

「あんなところでバイクを押しているのを見かけたら、放っておけないよ。クマが出たっておかしくないんだぞ」

「本当に出るんですね」

一瞬、真顔になるが、麻衣はすぐに笑みを浮かべた。

「だったら、なおさら英治さんが通りかかってよかったです」

若い彼女が眩しかった。

そんな話をしているうちに、ふたりとも食事を終えた。しかし、麻衣はまだ話し足りないようだ。

「もう少し、お話しませんか?」

「そうだな……」

ホテルの飲食店はそろそろ閉店時間だ。外に出れば、やっている店があるだろうか。

「英治さんのお部屋はダメですか?」

大胆な提案だ。出会ったばかりだというのに、部屋でふたりきりになることに抵抗はないのだろうか。

「俺は構わないけど……」

「売店でお酒を買っていきますね」

「い、いや、酒は俺が買うよ」

「ガソリンのお礼をさせてください。いっしょに買いに行きましょうか」

麻衣はやけに積極的だ。レストランを出ると、さっそく売店に向かう。英治は慌てて彼女のあとを追いかけた。

売店に並んでいるのは地元の特産品と北海道土産だ。道外から来た人は面白いかもしれないが、札幌在住の英治は興味が湧かない。まっすぐ酒のコーナーを見に行くと、北海道産のワインや焼酎、日本酒などがあった。

「どれがおいしいんですかね」

麻衣が隣に来て、いっしょに酒を選びはじめる。

距離がやけに近い。肩と肩が今にも触れそうになっていることに気づいているのだろうか。

（もしかして、誘ってるのか？）

一瞬、そう思うが、すぐに自分の考えを否定する。

おそらく、安全なおじさんだと思って安心しているだけだ。これほど無防備なのは、まったく警戒していない証拠ではないか。

（結局のところ、男として見ていないってことだな……）

淋しい気もするが、それが現実だ。二十歳の女子大生が、もうすぐ五十歳になる中年男を相手にするはずがない。

「日本酒は飲めるの？」

英治は気を取り直して尋ねた。

こうなったら、最後まで気のいいおじさんでいようと思う。話し相手になってやれば、北海道ツーリングの印象がよくなるかもしれない。道民としては、北海道を好きになってほしい気持ちが強かった。

「強くはないですけど。少しなら」

「それなら、これにしよう」

英治が手に取ったのは、三千櫻《みちざくら》という日本酒の四合瓶だ。

三千櫻酒造は岐阜県中津川《なかつがわ》市から北海道東川《ひがしかわ》町へ移ってきた酒蔵で、素晴らしい酒を作っている。英治のお気に入りは、東川町産の酒米「彗星《すいせい》」を使った純米大吟醸だ。

「こいつはうまいぞ。甘みとキレのバランスが最高なんだ」

「北海道のお米から作っているんですね」

麻衣が興味を示してくれたので、酒は三千櫻に決定だ。酒の肴《さかな》は、根室《ねむろ》で獲《と》れた氷下魚《こまい》の干物にする。そのままでも炙《あぶ》ってもうまい。もちろん、日本酒との相性は抜群だ。

会計をすませると、ふたりは並んでエレベーターに乗った。

四階の英治の部屋に入り、窓の前に置いてある小さなテーブルを挟んで、椅子に腰かけた。部屋に備えつけの湯飲みに、日本酒をなみなみと注《つ》いだ。

「では、乾杯」

「カンパーイ」

英治が湯飲みを持てば、麻衣もうれしそうに声をあげる。そして、日本酒をひと口飲むと、とたんに笑みを浮かべた。

「おいしい……日本酒とかよくわからないけど、フルーティな感じがします」

「そうなんだよ。これはいくらでも飲めちゃうんだ」

英治も思わず酒をグッと呷《あお》る。

勧めた酒が喜ばれると、こちらまでうれしくなる。湯飲みに酒を注ぎ、氷下魚の袋を開けた。

「これも食べてみな。ちょっと硬いけど、日本酒に合うんだ」

「氷下魚って、はじめて食べます」

麻衣は氷下魚を裂いて口に運ぶと、しばらく噛《か》んでから日本酒を飲んだ。

「硬いけどおいしいです。なんかクセになる味ですね」

「そうだろ。気に入ってくれてよかったよ」

英治も氷下魚を囓《かじ》りながら日本酒を飲む。疲れているせいか、酔いのまわりが早い。すぐに体が火照ってきた。

「ブーツ、脱いでいいか」

ライディングブーツが窮屈だ。英治は断ってから、部屋に備えつけのスリッパに履き替えた。

「ところで、どうしてひとりでツーリングしてるんだい？」

素朴な疑問を口にする。

ソロツーリングはめずらしくないが、麻衣はかなりの淋しがり屋だ。それなのに、どうしてひとり旅をしているのか気になっていた。

「それは、いろいろあって……」

急に麻衣の口調が重くなる。

よけいなことを聞いてしまったかもしれない。話題を変えたほうがいいと思うが、とっさになにも浮かばなかった。

「彼氏と別れたんです。本当はふたりで来る予定だったんですけど、直前になって……」

麻衣の声がどんどん小さくなっていく。ついには消え入りそうになるが、それでも懸命に話しつづける。

「いっしょに行こうねって、約束したのに……そ、それなのに……」

いつしか涙まじりの声になっていた。

もしかしたら、誰かに聞いてもらいたいのかもしれない。そう思って、英治は口を挟むことなく、相づちを打つだけにした。

彼氏の影響でバイクの免許を取った。そして、ふたりで北海道をツーリングする予定だったが、直前になって別れを告げられた。ほかに好きな女ができたというのが理由らしい。

「でも、せっかく免許を取ったし、オートバイも買ったから……」

麻衣の目から涙が溢れて頬を伝い落ちる。

彼氏のことを吹っ切るつもりで、ソロツーリングをしているという。涙がこぼれてしまうということは、まだ未練があるに違いない。

「失恋ツーリングなんて、淋しいですよね」

麻衣はそう言うと、自嘲ぎみに笑った。

「我慢しなくていいよ。泣きたいときは泣いたほうがいい」

そのほうが、心の傷が癒えるのは早いと思う。英治が語りかけると、麻衣は嗚《お》咽《えつ》を漏らした。

英治にできるのは黙って見守ることだけだ。いや、どうすればいいかわからないというのが正直なところだ。泣いたほうがいいとは言ったが、女性に泣かれると困ってしまう。

麻衣はひとしきり泣くと、涙をティッシュペーパーで拭いて小さく息を吐き出した。

「わたしも脱ぎたいです」

一瞬、ドキリとしたが、麻衣は自分のブーツに手を伸ばす。

足を解放したくなったらしい。英治は無言でスリッパを持ってきて、彼女の足もとに置いた。

麻衣はスリッパに履き替えると、なぜか椅子から立ちあがり、ベッドにそっと腰かける。そして、涙で濡れた瞳を英治に向けた。

「英治さん……」

名前を呼ばれてドキリとする。

泣いたあとの顔が妙に色っぽい。愛らしかった麻衣が、急に艶めいた大人の女になった気がした。

「こっちに……」

麻衣は自分の隣を手のひらでポンポンと軽くたたく。

どうやら、隣に来てほしいらしい。これは誘っているのだろうか。麻衣は二十歳の女子大生だ。急に酔いがまわった気がして頭がクラクラする。英治はとまどいながらも立ちあがり、彼女の隣に腰かけた。

4

「今夜だけ、慰めてもらえませんか」

麻衣が小声でささやき、手のひらをジーパンの太腿に重ねる。そっと撫でられると、それだけで股間がズクリッと疼《うず》いた。

「お、おい……」

思わず隣を見れば、麻衣が濡れた瞳で見あげている。視線が重なると柄にもなくドキドキして、胸の鼓動が速くなってしまう。

「ずっと淋しくて……お願いします」

「行きずりの関係なんて、あとで後悔――」

「後悔なんて、絶対にしません」

麻衣はきっぱり言いきると、太腿に乗せていた手のひらを股間に向かって滑らせる。そして、ジーパンの硬い生地の上からペニスに重ねてしまう。とたんに肉棒が芯を通して硬くなり、亀頭が瞬く間にふくれあがった。

「英治さんも、こんなに……」

「くっ……こ、これは……」

言いわけのしようがない。女子大生に触られて、期待を抑えられなくなっている。失恋して涙する彼女を見たときから、腹の底で欲望が渦巻いていた。色っぽい表情を目にして、懸命に興奮を抑えていたのだ。

「でも、信じてください。こんなことするの、はじめてなんです」

麻衣は小声でつぶやきながら、ジーパンごしに太幹を握っている。指をゆるゆるとスライドさせて、甘い刺激を送りこんでいた。

「わ、わかってる。キミはこんなことをする娘《こ》じゃない……」

答える声が情けなく震えてしまう。股間から全身へと快感がひろがり、頭の芯が痺《しび》れていた。

「全部、忘れたいんです。いやなことを全部……」

麻衣は自分に言い聞かせるようにつぶやき、濡れた瞳で見つめながら顔を寄せる。そして、自分から唇をそっと重ねた。

「ンっ……」

長い睫毛《まつげ》を伏せて、眉をわずかに歪《ゆが》めている。

軽く触れるだけの口づけだ。彼女の唇は小刻みに震えている。きっと、勇気を出してキスをしたのだろう。

（女性にここまでさせてしまったのか……）

英治の心は激しく揺さぶられた。

若い彼女がこれほどまでに求めている。慰めてほしいと願っているのだ。ここからは男の自分がリードしてやるべきだろう。

両手を彼女の背中にまわして抱きしめる。一瞬、麻衣は身体を硬くするが、すぐに力を抜いて胸板に寄りかかった。すべてを英治に委ねるつもりらしい。そういうことなら、やさしく抱いてやらなければならない。

英治はあらためてキスをすると、舌をヌルリッと挿し入れた。麻衣は睫毛を伏せたまま、唇を半開きにする。熱い口内を舐《な》めまわして、奥で縮こまっている舌をからめとった。

「ンンっ……」

麻衣は微《かす》かな声を漏らすだけで、じっとしている。積極的ではないが、抗《あらが》うわけでもない。されるがままになっていた。

(もしかして……)

セックスの経験が少ないのではないか。

ふとそんな気がした。英治をその気にさせるため、股間に触れたが、今にして思うとぎこちない手つきだった。キスもそっと触れるだけで、あまり慣れていない感じがした。

「はンンっ」

舌を吸いあげると、麻衣は怯《おび》えたような声を漏らして身体を震わせる。どうやらキスの経験も浅いようだ。

これは慎重に扱わなければならない。彼女のTシャツをまくりあげると、白くて平らな腹が露出する。瑞々しい肌が眩しくて、牡《おす》の欲望が盛りあがる。はやる気持ちを抑えながら、Tシャツを頭から抜き取った。

「ああっ……」

麻衣は小さな声を漏らして、赤く染まった顔をうつむかせる。

乳房を覆っているのは純白のブラジャーだ。谷間の部分に小さなピンクのリボンがついた愛らしいデザインで、彼女のイメージに合っていた。

つづけてジーパンのボタンをはずすと、ファスナーをおろしていく。前が開くと純白のパンティがチラリと見えた。ブラジャーと同じデザインで、ウエストラインの前の部分に小さなピンクのリボンがついていた。

麻衣はうつむいたまま固まっている。恥じらう表情と仕草が、牡の欲望を煽《あお》り立てる。こうなったら、もうとめられない。麻衣を仰向《あおむ》けに押し倒して、ジーパンを一気に引きおろした。

これで女体にまとっているのはブラジャーとパンティだけになる。麻衣は内腿をぴったり寄せて、両腕で自分の身体を抱きしめた。

「あ、あの、明かりを……」

麻衣がつぶやくが、その声を無視して覆いかぶさる。

キスで口を塞ぎながら、両手を背中に潜りこませてブラジャーのホックをはずす。カップをずらせば小ぶりな乳房が露になる。片手でちょうど収まるくらいのサイズで、曲線の頂点ではミルキーピンクの乳首が揺れていた。

「は、恥ずかしいです」

麻衣は羞恥を訴えて、乳房を手で隠そうとする。すかさず手首をつかんで阻止すると、いきなり乳首にキスをした。

「あンっ……」

思いがけず色っぽい声が漏れてしまったらしい。麻衣は慌てて下唇をキュッと嚙みしめた。

それならばと、舌先で舐めあげれば、女体に小刻みな震えが走り抜ける。しかし、麻衣は口もとに手を当てて、声が漏れるのをこらえていた。目も強く閉じており、強い恥じらいが感じられる。

「ンンっ……」

麻衣はほとんど声を漏らさない。乳房を揉《も》みながら、乳首を舌先でチロチロくすぐってみる。それでも、顔をまっ赤にして懸命に耐えている。しかし、身体は確実に反応して、乳首はしっかり硬くなっていた。

「気持ちよかったら、声を出してもいいんだよ」

英治が声をかけると、麻衣は首を小さく左右に振った。

羞恥と快感の狭間《はざま》でとまどっているようだ。そんな彼女の反応を目にして、やはり経験が浅いのだと確信する。

（これならどうだ……）

彼女が我慢していると思うと、よけいに声を出させたくなる。屹立《きつりつ》した乳首を口に含み、前歯を立てて甘嚙みした。

「ひいッ……」

女体がビクッと跳ねて、裏返った嬌声《きょうせい》がほとばしる。

経験の少ない彼女には刺激が強すぎたらしい。再び唾液を乗せた舌で、乳首をやさしく舐めまわした。

「あぁンっ、そ、そこばっかり……」

ついに麻衣が声を漏らして身をよじる。

甘嚙みの刺激とねぶられる快楽に翻弄されて、我慢できなくなったらしい。濡れた瞳で見あげると、焦《じ》れたように内腿をもじもじと擦り合わせた。

「素直になってきたね」

英治はパンティに指をかけると、ゆっくり引きおろしていく。

肉厚の恥丘が見えてくる。陰毛は薄くてわずかにしか生えていない。白い地肌と縦に走る割れ目が透けており、生娘かと思ってしまう。実際、彼女の恥じらう反応からも、男慣れしていないのは明らかだ。

「まさか、はじめてじゃないよね」

ふと気になって尋ねる。

もとより一夜限りの関係だが、彼女がヴァージンとなると話は違う。はじめては大切にするべきだと思うが、それは昭和の考えなのだろうか。

「もし、キミがはじめてなら――」

「セックス……したことあります」

麻衣の愛らしい唇からセックスという単語が紡がれてドキリとする。

「でも、あまり得意ではなくて……たぶん、それでフラれちゃったんです」

やはり経験は少ないという。恋人の求めに応じることができず、拒むことも多かったらしい。

「わたしが下手だったから、それで……」

「キミのせいではないよ」

英治はできるだけ穏やかな声で諭した。

「こういうことは、相性もあるからね」

「英治さんはやさしいですね」

そう言われると、急に照れくさくなる。欲望にまかせて、彼女の乳首を舐めているだけだ。

「俺は、別に……」

「英治さんとは、相性がいいみたいです」

麻衣はそう言うと、恥ずかしげな笑みを浮かべる。そして、焦れたように腰をよじらせた。

「つづき……してください」

かわいい女子大生におねだりされて、ペニスが痛いくらいに勃起する。英治はボクサーブリーフを脱ぎ捨てると、反り返った肉棒を剥き出しにした。

すぐに挿入したいところだが、経験が浅いならしっかり濡らさなければならない。彼女の下半身に移動して、膝をグッと押し開いた。

「あっ……」

羞恥の声とともに、秘めたる部分が露出する。麻衣の女陰はきれいなサーモンピンクで、いっさい形崩れしていなかった。

「もう、濡れてるね」

割れ目から透明な汁が湧き出ている。それが陰唇にひろがり、ヌラヌラと妖しげな光を放っていた。

「英治さんが、上手だから……こんなにやさしくされたの、はじめてです」

麻衣が恥じらいながらつぶやく。そう言った直後、割れ目から新たな華蜜がジワッと溢れ出した。

「それは、キミがかわいいからだよ」

英治は彼女の股間に顔を埋《うず》めると、若い恥裂を舐めあげる。舌先が触れるか触れないかの繊細なタッチで、できるだけやさしく愛撫《あいぶ》した。

「はああンっ……」

麻衣が甘い声で喘《あえ》いでくれるから、もっと感じさせたくなる。二枚の花弁を交互に舐めあげると、舌先を狭間にそっと沈みこませた。

「ああっ……やっぱり、やさしいです」

喘ぎまじりに麻衣がつぶやく。

それほど特別なことをしているつもりはない。ただ、彼女をもっと喘がせたいだけだ。いや、若いころは性急だったかもしれない。女性を感じさせるより、挿入を優先していた。

（きっと、別れた彼も……）

なんとなくわかる気がする。

かわいい彼女とセックスするとなれば、早く挿入したいに違いない。男は若ければ若いほど前戯を疎かにして、一刻も早く挿れようとするものだ。麻衣が気に病むことではない。

「キミはいい女だよ。セックスだって下手じゃない。ほら、こんなに濡れてるんだから」

膣口《ちつこう》で舌先を遊ばせれば、クチュクチュという湿った音が響きわたる。愛蜜が大量に溢れており、媚肉《びにく》はすっかり蕩《とろ》けきっていた。

「ああンっ、も、もう……」

麻衣が両手を伸ばして、英治の頭を抱えこむ。執拗《しつよう》なクンニリングスで感じているのは間違いない。

「準備はできているみたいだね」

英治がささやけば、麻衣はこっくり頷《うなず》いた。

股間から顔をあげると、女体に覆いかぶさる。勃起したペニスの先端を女陰に押し当てて、まずは愛蜜をなじませるように滑らせた。

「あっ……あっ……」

亀頭がクリトリスを撫でるたび、麻衣の唇からせつなげな声が漏れる。挿入を求めて、腰が悩ましく右に左に揺れはじめた。

「え、英治さん……」

「それじゃあ、挿《い》れるよ」

我慢できなくなっているのは英治も同じだ。

先端を膣口《ぬかるみ》に合わせると、腰をゆっくり押し進める。二枚の陰唇を巻きこみながら、亀頭が泥濘に沈みこんでいく。グチュウッという淫らな音がして、熱い媚肉に包まれた。

「あううッ、お、大きいっ」

思わずといった感じで麻衣が声をあげる。まだ先端が入っただけだが、背中が弓なりに反り返った。

「すごく締まって、気持ちいいよ」

英治はやさしく声をかけながら、彼女の表情を確認する。挿入の衝撃に耐えるように、唇を半開きにしてハアハアと喘いでいた。

「だ、大丈夫ですから、もっと……」

こちらが気を遣っているのが伝わったのか、麻衣はかすれた声でつぶやき、さらなる挿入をねだる。

「いくよ……んんっ」

英治は快楽に耐えながら、ペニスをゆっくり押しこんでいく。亀頭で媚肉をかきわけて、ついに根元まで完全に収まった。

「はンンっ……え、英治さん」

麻衣が濡れた瞳で見あげている。ひとつになれたことがうれしいのか、英治の背中に手をまわして抱き寄せた。

上半身を伏せた正常位で密着する。どちらからともなく唇を重ねて、ディープキスをしながら腰を振りはじめた。

「あふっ……あふンっ」

ペニスが動くたび、麻衣がくぐもった喘ぎ声を響かせる。英治の舌を積極的に吸いあげて、唾液を躊躇せずに飲みくだした。

（こ、これはすごい……）

英治は思わず胸のうちで唸《うな》った。

若い媚肉の締めつけは強烈だ。まだまだ硬さはあるが、それが強い刺激につながっている。ぐっしょり濡れた無数の膣襞《ひだ》がペニス全体にからみつき、ギリギリと絞りあげていた。

「くうッ……もっと動いていいかな」

たまらなくなって声をかける。すると、麻衣はうれしそうに目を細めた。

「はい……お願いします」

彼女も感じているらしい。蜜壺の奥から、新たな愛蜜が次から次へと溢れ出している。だが、それ以上に英治が感じていることがうれしいのだろう。見つめてくる瞳に、愛情にも似た女の悦《よろこ》びが滲《にじ》んでいた。

「ま、麻衣っ……くううッ」

名前を呼ぶことで、ますます気分が盛りあがる。正常位で抱きしめたまま、腰を力強く振りはじめた。

「ああッ……ああッ……」

麻衣が眉をせつなげに歪めて、いっそう艶《なま》めかしい声をあげる。

ペニスが奥に入ってくるときは股間をしゃくり、後退するときは腰をビクビクと痙攣《けいれん》させた。張り出したカリで膣壁を擦られると感じるようだ。意識的にえぐれば、反応が明らかに大きくなった。

「ああァッ、そ、それ、ダメですっ」

「どうしてダメなの？」

耳もとでささやきながら腰を振りつづける。締めつけが強くなっており、英治の性感も追いこまれていた。

「だ、だって……あああッ」

「素直になってごらん」

「き、気持ちよすぎるから……はあああッ」

快感を認めることで、より感度があがったらしい。麻衣は必死に英治の体にしがみつき、よがり泣きを響かせる。

「くうウッ、お、俺も……」

自然とピストンが加速する。ペニスをグイグイと出し入れして、女壺のなかをかきまわす。同時に乳房を揉みしだいて乳首を転がし、彼女の首すじや耳にキスの雨を降らせていく。

「ああッ、も、もう……あああッ、おかしくなっちゃいます」

麻衣が激しく悶《もだ》えながら訴える。絶頂が迫っているらしい。それならばと、英治はラストスパートの抽送に突入した。

「おおおッ……おおおおッ」

「あああッ、す、すごいっ、あああッ」

女体がブリッジする勢いで反り返る。膣が猛烈に締まり、凄《すさ》まじい快楽の大波が押し寄せた。

「い、いいいっ、あああッ、イクッ、イッちゃううううッ！」

ついに麻衣が絶頂を告げながら昇りつめていく。全身をガクガク痙攣させながら、あられもないよがり泣きを振りまいた。

「くおおおおッ、お、俺もっ、ぬおおおおおおッ！」

英治も獣のような呻き声を放ち、思いきり欲望をぶちまける。若い媚肉の狭間にペニスを埋めこみ、熱いザーメンを注ぎこんだ。

強く締めつけられての射精は、魂まで吸い出されそうなほど気持ちいい。全身の痙攣がとまらない。女体を抱きしめて、いつまでも呻きながら、最後の一滴まで注ぎこんだ。


どれくらい時間が経《た》ったのだろうか。呼吸が整うまで、ふたりは裸のままベッドに横たわっていた。

麻衣が無言で身体を起こして、服を身につけていく。

英治はそれを黙って見つめていた。なにか言うべきだと思うが、どんな言葉をかければいいのかわからなかった。

「英治さん……ありがとうございます」

ライディングブーツを履いて立ちあがると、最後に麻衣が振り返る。

意外なことに微笑んでいた。無理をしている感じはない。なにかを振りきったように、軽やかな笑みを浮かべていた。

# 第三章　オホーツク海を望む民宿で

## 1

翌朝は九時すぎに起きた。

久しぶりのツーリングに加えて、予定外のセックスまでしたのだ。全身に疲労が蓄積しており、どうしても起きることができなかった。

結局、チェックアウトの午前十時ギリギリにホテルを出た。

駐車場に向かうと、すでに麻衣のバイクはなかった。遠くからでも、自分のバイクしか停《と》まっていないのが確認できた。

英治と顔を合わせるのが気まずくて、早めに出発したのかもしれない。

昨夜の顔を思い返すと、いくらか元気になったのではないか。たいしたことはできなかったが、少しは手助けできたと信じたい。北海道を愛する者として、せめて今回のツーリングが楽しい思い出になってほしかった。

自分のバイクに歩み寄る。

とりあえず、ヘルメットをミラーにかけて、タンクバッグをガソリンタンクに設置する。そして、タンデムシートにも荷物をくりつけようとしたとき、シートのベルトにメモ用紙が挟まっているのに気がついた。

荷物を地面に置き、メモ用紙を手に取った。

『北海道が大好きになりました。ありがとうございました』

まるみを帯びた文字で、そう記されていた。

とたんに胸が温かくなり、思わず笑みがこぼれる。どこにも名前は書いていないが、すぐに麻衣だとわかった。

ずいぶん長い時間を共有した気がするが、実際にいっしょに過ごしたのはわずか数時間だ。メールアドレスも携帯番号も交換していない。連絡を取る手段はないが、それでよかったと思う。

たまたま旅先で出会って、一夜を共にした。それ以上でも以下でもない。これで別れるのが後腐れがなくてよかった。

（楽しくなってきたな……）

荷物をタンデムシートにくくりつけると、キーを差してエンジンをかける。暖機運転をしながらヘルメットをかぶり、グローブをつけた。

とりあえず腹ごしらえだ。

少し先にコンビニが見えるので、そこで簡単に済ませることにした。さっそくバイクにまたがり、コンビニまで走った。

ペットボトルのウーロン茶とおにぎりを買うと、バイクの横に座りこんで食べる。若いときは、よくこうやって食費を安くあげていた。どこで食べても味は同じはずだが、ツーリング中だと何倍もうまく感じるものだ。

（やっぱり、最高だな）

強い日射《ひざ》しが降り注いでいる。ふと見あげれば、今日も雲ひとつない青空がひろがっていた。

ウーロン茶を飲みながら、本日のルートを考える。当初は網走に抜けてから北上するつもりだった。そういえば、雅人とツーリングしたとき、網走駅で何度か立ち食いそばを食ったことを思い出した。

（行ってみるか……）

まずは網走に向かうことにする。

こうやって、その日に行き先を決めるのも楽しいものだ。またこんな旅ができるとは思っていなかった。

雨が降れば無理をしない。天気がよければたくさん走る。そんな調整をするのはバイクならではだ。天気に左右されるのは大変なときもあるが、車の旅行では絶対に味わえない達成感がある。バイクに乗っていれば当たり前のことを、今さらながら思い出した。

持参した地図でルートを確認する。道を間違えたところで、最終的に墓参りに行ければ問題はない。少しくらい遠回りになっても、それはそれでおもしろくなるはずだ。

（今日はのんびり行くか）

バイクにまたがり走り出す。

目指すは網走だ。屈斜路湖沿いの道路を進み、道道１０２号線に入ると、あとは道なりに進む。森のなかを通る気持ちのいい道路だ。

途中、土地が開けて民家もちらほら現れる。だが、基本的には田舎道で、とくに立ち寄るところもない。スピードを抑えぎみで順調に走りつづけて、昼すぎには網走駅に到着した。

立ち食いそばに向かうと、そばを注文する。昔はかけそばだったが、贅沢《ぜいたく》にかき揚げを載せてみた。

(うまい……)

だが、なにかが物足りない。

かき揚げそばなのに、昔、雅人といっしょに食ったかけそばのほうがうまく感じる。きっと楽しい思い出とセットで、味が記憶されているためだろう。あのころの感動は、もう経験できないのかもしれない。

少し感傷的になりながら、かき揚げそばを食べ終えた。

駅を出て、停めてあるバイクのところに戻る。すぐにオホーツク海沿いの道路を北上するか、それとも網走周辺をぶらぶらするか考えていたとき、ポケットのなかのスマホがブブブッと振動した。

どうやら、メールの着信があったらしい。

一瞬、葉子の顔が脳裏に浮かぶ。だが、期待するとあとでがっかりする。気持ちを落ち着かせてから、スマホを取り出して確認した。

（葉子だ……）

表示されている名前を目にした瞬間、心が浮き立ってしまう。メールが届いただけで、喜んでいる自分自身に驚いていた。まるで恋する少年のようではないか。思わず苦笑を漏らしながら、とにかくメールを開いて本文を表示させた。

『どうしていますか。英治さんが帰ってくるのを待っています。時間があるときにメールくださいね』

短い文面だが、葉子の気持ちが伝わってくる。

彼女は英治がツーリングに行くことを、ずいぶん心配していた。さりげなさを装っているが、英治の無事を確認したかったのではないか。

（そうか……）

胸にこみあげてくるものがあった。

心配してくれる人がいる。自分の帰りを待っていてくれる人がいる。そう思うだけで、幸せな気持ちになっていた。

『今、網走です。宗谷岬方面に向かう予定です』

英治も短い文面を返信する。

長々と書かなくても、これで無事だということは伝わるだろう。旅の話は帰ってからするつもりだ。

（さてと、どうするかな……）

スマホをポケットに戻そうとしたとき、再びメールの着信があった。

またしても葉子だ。どうやら、英治の返信を確認したらしい。今度は先ほどよりも長い文面だ。

『わたしの生まれ故郷、枝幸町《えさし》なんです。枝幸は毛ガニがおいしいですよ。わたしの幼なじみのご両親が民宿をやっているので、そこで食べられると思います。もし、お時間に余裕があれば寄ってみてください』

さらに民宿の名前と住所、それに電話番号が記されていた。

（枝幸町か……）

立ち寄ったことはないが、場所はなんとなくわかる。網走から宗谷岬に向かう途中で、カニ漁が盛んな街だと記憶していた。

しかし、葉子が枝幸町の出身だとは知らなかった。

職場で毎日のように顔を合わせているが、プライベートのことを話す機会はない。葉子が英治のマンションを訪ねてきたときも、こちらから質問することはほとんどなかった。

結婚で失敗してから、女性と深く関わることを避けてきた。

近づいてくる女性には、わざと素っ気なくしていた。葉子にも冷たかったと思うが、なぜか彼女はあきらめなかった。どこに惹《ひ》かれたのかはわからないが、好意を寄せてくれていたのは確かだ。

（葉子の故郷なら、行ってみるか）

たった今、枝幸町を目指すことに決めた。

今では英治もすっかり葉子に惹かれている。今、メールのやり取りをしたことで、ますます気になる存在になっていた。

『今日は枝幸町に泊まるよ』

すぐにメールを打ちこんで返信する。

バイクのエンジンをかけると、ヘルメットをかぶってグローブをつけた。シートにまたがって走りはじめる。

昨日、長距離を走ったことで、バイクと体がなじんでいた。ようやく自分のバイクになった気がする。こうなると、ツーリングはますます楽しくなる。腰や肩に疲労がたまっているが、それ以上に気分がよかった。

「ようし、今日も走るぞ」

ヘルメットのなかで声に出してつぶやいた。

時刻は午後一時をすぎたところだ。国道238号線を北に向かう。このあたりは湖がいくつもあるが、やはり有名なのはサロマ湖だ。北海道でもっとも大きいだけではなく、海水が入りまじる汽水湖《きすいこ》としても知られている。

まだ数キロしか走っていないが、本日の目的地が枝幸町なら時間的に余裕がある。せっかくなのでサロマ湖に立ち寄ってみる。駐車場にバイクを停めて、湖畔を歩いた。

（でかいな……）

以前にも来たはずだが、あまり記憶になかった。若かったのでバイクで走ることばかりで、景色をしっかり見ていなかったのだろう。

大きな湖で、海を眺めていると錯覚してしまう。波が静かに打ち寄せているのは、風の影響なのか、それとも海とつながっているからなのか。とにかく、広大な湖に圧倒された。

再びバイクで走り出す。右手にオホーツク海を見ながら、気持ちのいい道をひたすら北上する。

対向車線をオフロードバイクが走ってきた。

タンデムシートに荷物をたくさん積んでおり、大きなリュックまで背負っている。おそらく、キャンプをしながらツーリングしているのだろう。昔はこういうライダーをよく見かけたものだ。

向こうも英治のバイクが気になったのか、ゴーグルごしにこちらをチラリと見るのがわかった。その直後、左手をクラッチから離して、ピースサインを送ってきた。

（おっ……）

英治も慌てて左手を軽くあげて挨拶する。とたんに懐かしい気持ちがこみあげて、思わず笑みがこぼれた。

ツーリング中のバイクがすれ違うとき、互いにピースサインを出すという文化がある。旅の安全を願って交わす挨拶だ。ほんの一瞬のことだが、このライダー同士の交流が好きだった。

昨日もバイクと何台もすれ違ったはずだが、ピースサインそのものを忘れていた。久しぶりで対向車に気を配る余裕もなかった。もしかしたら、ピースサインを出してくれたのに、返していないこともあったかもしれない。

（悪いことをしたな……）

これからは、ちゃんと返そうと思う。

ピースサインといっても、必ずしも指でVサインを作るわけではなく、軽く手をあげたり、拳を突きあげたり、やり方は人それぞれだ。こんなちょっとしたことが、ツーリングをより楽しくする。

（そうだよ。この感じ……）

走れば走るほど、忘れていた気持ちがよみがえる。

いいことばかりではない。雨が降ればつらいし、すぐに帰りたくなる。危ないこともたくさんあった。それでも、またツーリングに行きたいと思う。バイクには不思議な魅力があった。

親友を失わなければ、ずっと乗りつづけていたはずだ。

天国の雅人と話すことができれば「バイクに乗れよ」と言うだろう。それでも英治はバイクを降りた。親友を事故で亡くしたのは、人生が変わるくらい衝撃的な出来事だった。

それでも、またこうしてバイクに乗っている。

雅人の墓参りに行くなら、当然バイクだ。誰よりも雅人がそれを望むはずだと信じていた。

オホーツク海沿いの道を気持ちよく走っていく。ほぼ直線なので、ついついアクセルを開けがちになる。スピードの出しすぎには注意が必要だ。

昔、この道を速度違反で走ったバイクが、パトカーや白バイを振りきり、北海道警察のヘリコプターが出動したという話を聞いたことがある。真偽のほどは定かではないが、当時は時速三百キロ出るという噂《うわさ》の市販バイクが発売されたこともあり、スピードを出す者が多かった。

その速度違反をしたバイクは、ガソリンスタンドに寄ったところで、ヘリコプターから連絡を受けたパトカーに捕まったらしい。英治もツーリング先で聞いた話なので、どこまで本当かはわからない。

そんな昔話を思い出しながら走っているうちに、枝幸町の標識が見えた。

ウインカーを出して国道からそれると、街中に入った。有名なライダーハウスがあったらしいが、英治は泊まったことがない。この街を訪れるのは、これがはじめてだ。

とりあえず、ガソリンスタンドに寄ってみる。ガソリンを入れるついでに、葉子に教えてもらった民宿のことを尋ねた。小さい街なので、あっさり場所が判明した。親切に道順を教えてもらい、さっそく向かった。

コンビニや飲食店はあるが、のどかな街だ。

街はずれに、その民宿はあった。少し大きめの民家といった外観で、白い壁には「民宿ましま」という看板がかかっている。葉子の知り合いと聞いているせいか、不思議と温かい感じがした。

建物の前の駐車場にバイクを停める。

時刻は午後五時前だ。本日の走行距離は二百四十キロほどで昨日より少ないが、思った以上に疲れている。出発前から予想していたことだが、やはり前日の疲労が蓄積していた。

エンジンを切ると、ヘルメットとグローブを取る。そして、大きく息を吐き出したときだった。

「いらっしゃいませ」

声をかけられてはっとする。顔をあげると、民宿の入口の前にひとりの女性が立っていた。

「もしかして、片田さまですか？」

「は、はい、そうですけど……」

英治がとまどいの声を漏らすと、彼女はにっこり微笑《ほほえ》んだ。

「お待ちしておりました。葉子ちゃんから聞いています」

愛想のいい女性だ。

「もしかして、キミが葉子の……」

つい英治も「葉子」と言ってしまう。慌てて黙りこむが、彼女は気にすることなく頷《うなず》いた。

「はい。葉子ちゃんの幼なじみです」

化粧気がないせいか、ずいぶん若く見える。深緑のフレアスカートに白い半袖ブラウスを着ており、セミロングの黒髪が肩先で揺れていた。

「芹沢さんと同級生だったの？」

思わず尋ねると、彼女は笑みを浮かべたまま首を小さく左右に振った。

「わたしは五つ年下です。家が近所で、よく遊んでもらっていたんです」

それなら納得だ。確か葉子は三十四歳なので、彼女は二十九歳ということになる。英治にはいわゆる幼なじみがいないため、勝手にふたりが同い年だと思いこんでしまった。

彼女は真島京香《ましまきょうか》と名乗った。両親が民宿ましまを経営しており、京香も高校を卒業してから手伝っているという。ひとりっ子なので、葉子のことを実の姉のように慕っていたらしい。

「葉子ちゃんのことが大好きで、ずっといっしょにいたかったんですけど、あんなことがあったから……」

京香はなにかを言いかけて、はっとした顔をする。

「ごめんなさい。いきなり暗い話をしちゃって」

慌てて取り繕うと、再び笑みを浮かべた。

「いえ、構いませんよ」

英治は作り笑顔で答えるが、京香の言葉が心にひっかかった。

あんなこととは、いったいなんだろうか。葉子に過去になにかがあったようだが、まったく想像がつかない。気になっている女性なのに、プライベートのことはなにひとつ知らなかった。

「立ち話をしてしまってすみません」

京香があらたまった様子で頭をさげる。

「お疲れですよね。なかにどうぞ。お荷物、運びますよ」

「いえいえ、軽いので大丈夫です」

英治はバイクから荷物をおろすと、民宿の入口に進んだ。

2

「すぐに準備しますので、少々お待ちください」

京香が食事の支度をしながら話しかけてくる。

客室は十畳ほどの和室だ。座卓と座布団、それにテレビがあるだけだが、掃除は行き届いており塵《ちり》ひとつ落ちていない。ツーリングの途中で泊まるには充分な部屋だ。

なにより窓から見える景色が素晴らしい。部屋は二階にあるため、オホーツク海を見わたすことができるのだ。テレビを消して窓を開け放てば、波の打ち寄せる音が微《かす》かに聞こえた。

「海が見えるというのは、いいですね」

「それだけが取り柄なんです」

京香は謙遜してそう言うが、温泉もなかなかのものだった。

「まさか温泉に入れるとは思いませんでした」

「もう少し浴槽が大きければいいんですけど……」

「いえいえ、最高でした。おかげさまで、旅の疲れが取れましたよ」

英治は浴衣姿で笑みを浮かべた。

客室に案内されて、すぐ温泉に入った。家族経営の小さな民宿だが、温泉が完備されていた。浴槽はそれほど広くないし露天風呂もないが、それでもじっくり汗を流して疲れが取れた。

英治が温泉に入っている間に布団が敷いてあった。

基本的に食事は食堂で摂《と》ることになっているらしい。しかし、今夜はたまたま客が少なかったため、部屋で食べられることになった。英治が葉子の知り合いなので、特別にサービスしてくれたのだろう。

ふだんは部屋食がないので、座卓は壁際に寄せられており、背後に布団が敷いてある状態だ。

「今夜はカニづくしです。毛ガニは枝幸で獲《と》れたものなんですよ」

京香がうれしそうに説明してくれる。

この民宿の売りはカニ料理だという。カニの炭焼き、カニ甲羅揚げ、カニしゅうまい、カニすきなど、カニ好きにはたまらない料理の数々が、座卓に並べられていく。

「カニは久しぶりだな」

英治が思わずつぶやくと、京香が小さく頷いた。

「北海道の人って、案外、食べないですよね」

確かにそのとおりだ。本州から客が来たときなど、カニ料理の店に案内すると喜ばれるが、地元の人だけでカニ料理を食べに行くことはまずない。道民にとってもカニは贅沢な料理だ。

酒は北海道のじゃがいも焼酎、喜多里《きたさと》を注文した。

喜多里はメークインを原料にした焼酎だ。じゃがいもの香りと甘みはあるが、強すぎないのでどんな料理にもよく合う。今夜はカニづくしなので、なんとなく地元の酒を飲みたくなった。

「なにかございましたら呼んでください」

京香は料理を並べると、丁寧に頭をさげて部屋を出ていく。

ひとりで食べるには豪勢すぎる料理だ。英治はじゃがいも焼酎のロックをチビチビやりながら、さっそくカニ料理を口に運ぶ。旅先で食べるせいか、なおさらうまく感じる。カニの甘みに感動して、ついつい酒が進んだ。

やがて京香がデザートのアイスを運んできた。そして、空いた皿を次々とさげはじめる。

「ちょっと聞きたいことがあるんだけど」

英治は思いきって声をかけた。

先ほどから葉子のことを聞きたいと思っていたが、タイミングがつかめなかった。過去になにがあったのか知りたかった。

「葉子ちゃんのことですね」

「よくわかったね」

「ふふっ……わかりますよ」

京香が当たり前のように答える。そして、ふと真顔になり、英治の目をまっすぐ見つめた。

「わたしも、葉子ちゃんのことを聞きたいと思っていたんです」

「俺に？」

思わず聞き返してしまう。

幼なじみの京香が、そんなことを言うのは意外な気がした。頻繁に連絡を取っているわけではないのだろうか。

「葉子ちゃんとは、長いこと会っていないんです。中学を卒業して、札幌に行ってしまったから……」

「実家がこちらにあるんじゃないの？」

英治が尋ねると、京香は驚いたような顔をする。

「ご存知ないんですか？」

「え、ええ……」

声が小さくなり、視線をすっとそらした。

枝幸町が生まれ故郷だとメールに書いてあった。それを読んだとき、実家があるのだと勝手に思いこんでいた。

「じつは、よく知らないんです。上司なのにお恥ずかしい……」

勘ぐられないように、上司だとつけ加える。だが、言ってから逆にわざとらしかったかもしれないと思った。

「そうですか……」

京香はそうつぶやいて口を閉ざす。そして、なにかを考えこむように顔をうつむかせた。

「食器を片づけてから、おうかがいしてもよろしいでしょうか。お話ししたいことがあります」

あらたまった調子で言われて、思わず内心身構える。いったい、どんな話があるというのだろうか。

「わかりました。お待ちしています」

いずれにしても葉子に関係することだ。衝撃的な内容だとしても、断る理由はない。英治が了承すると、京香は硬い表情のまま頷いた。

「飲みながら話しましょうか。じゃがいも焼酎でよろしければ、京香さんのグラスを持ってきてください」

空気を少しでも和ませたくて告げる。すると、京香はこちらの意図を察したのか、微笑を浮かべてくれた。

「では、のちほど……」

京香は食器を載せたトレーを持ち、部屋を出ていった。

3

十分ほどして京香が戻ってきた。

トレーを手にしており、氷と水とミックスナッツ、それにグラスがひとつ載っている。彼女も飲みながらのほうが、話しやすいのかもしれない。

「お待たせしました」

「お仕事のほうは、よろしいのですか？」

念のため尋ねると、彼女は小さく頷いた。

「今日は空《す》いているので、あとは父と母にお願いしました」

「そうですか。では、飲みながら話しましょう」

英治が座布団を勧めれば、京香は頭をさげてから正座をする。表情が少々硬く感じるのは、これから話す内容に関係しているのだろうか。

「わたしは水割りをいただいてもよろしいですか」

「もちろんです。自由にやってください」

英治が告げると、京香はじゃがいも焼酎で薄めの水割りを作った。

「では、乾杯しておきますか」

あまり堅苦しいのも違う気がして、あえて軽い口調を心がける。英治がグラスをかかげれば、彼女もグラスをそっと持ちあげた。

「葉子ちゃんとは、本当に仲がよかったんです」

水割りで喉を湿らせると、京香が穏やかな声で語りはじめる。

「今でもメールのやり取りはしています。片田さんがいらっしゃることも、今朝のメールで知りました。知り合いが行くので、よろしくねって」

おそらく、英治とメールのやり取りをしたあとだ。葉子はすぐ京香にメールを送ってくれたのだろう。

「でも、最後に会ったのは、確か……わたしが二十歳になったときだから、もう九年前です」

「ずいぶん会ってないんですね」

「実家があれば、帰ってくるのでしょうけど……」

京香はそこで口ごもった。

なにか言いにくいことがあるのかもしれない。とはいえ、話すつもりがあるから、この部屋に来たのだろう。それなら早く知りたいが、急《せ》かしてはいけないと思って相づちを打つだけにした。

「あの、葉子ちゃんから、どこまで聞いてるんですか？」

いきなり質問されて、返答に窮してしまう。正直なところ、葉子のことはほとんど知らなかった。

「なにも……この街に住んでいたことも、今朝のメールで……」

答えながら申しわけない気持ちになってくる。

英治がなにも知らないのは、これまで知ろうとしなかったからだ。葉子の想《おも》いに気づいていながら、気づかないフリをした結果だ。

「どこまで言っていいのか、わかりませんけど……きっと葉子ちゃんは自分のことを知ってほしいんだと思うんです。だから、お話ししますね」

京香は迷いを断ち切るように言うと、言葉を選ぶように話しはじめた。

「葉子ちゃん、お父さんを小学生のときに亡くしているんです。わたしはまだ小さかったのでよく覚えていませんが、オートバイの事故だと聞いています。趣味でオートバイに乗っていたんです」

それは衝撃的な事実だった。

（だから、葉子は……）

ツーリングに出発する前日のことを思い出す。

まるで生きて会えるのが最後になるような雰囲気で、葉子はワインの酔いにまかせて迫ってきたのだ。なにかおかしいと感じたが、あのときはよくわかっていなかった。

しかし、ほんの少しだけ理解できた気がする。英治がツーリングに行くのをいやがったのも、十五も年の差があるのに好きになったのも、父親を早くに亡くしたことが影響しているのではないか。

「そのせいか、葉子ちゃんは年上の男性に惹かれるみたいなんです。昔から若くてカッコいいアイドルより、渋い俳優さんが好みでした」

やはり思っていたとおりだ。

葉子はファザコンぎみのところがあるらしい。過去の出来事を知れば、当然のことだと思える。どうして、もっとやさしく接してやらなかったのだろう。今さらながら後悔の念がこみあげた。

「つらい思いをしたんだな……」

英治はぽつりとつぶやき、じゃがいも焼酎を喉に流しこんだ。

ところが、隣で正座をしている京香は首を小さく左右に振った。そして、英治の顔をまじまじと見つめる。

「それだけじゃないんです」

「まだ、なにかあるんですか」

聞くのが怖い気もするが、聞かないわけにはいかない。英治が尋ねると、京香はこっくり頷いた。

「お父さんが亡くなった数年後、今度はお母さんが亡くなったんです。中学をもうすぐ卒業するときでした。ひとりで子育てをして、かなり無理していたんじゃないかって……パート先で倒れて、そのまま……」

「そんな……」

「両親を亡くして、葉子ちゃんは札幌に住んでいる親戚の家で暮らすことになりました」

そこで三年間お世話になり、高校を卒業したという。

親戚の家では、よくしてもらったらしい。裕福な家だったようだ。大学進学を勧められたらしいが、葉子はそれを断り、就職することを選んだ。そして、親戚の家を離れてひとり暮らしをはじめた。

「やっぱり、居づらかったんだと思います」

京香はしみじみとつぶやいた。

どんなに親切にしてもらっても、肩身が狭かったのだろう。早く就職して、解放されたかったのかもしれない。

「でも、葉子ちゃんは自分の運命を受け入れているみたいでした。メールのやり取りはずっとつづいていたんですけど、愚痴を書いたりすることは一度もなかったんです」

そう言われてみると、なんとなくわかる気がする。

葉子は職場でも淡々としており、感情をあまり表に出すことがない。親戚の家でわがままを言える立場ではなかったので、自然と気持ちを抑えこむようになったのではないか。仕事は的確にこなすが、積極的に同僚とコミュニケーションを図るタイプではなかった。

「葉子ちゃんが、かわいそうで……」

京香は涙ぐみそうになり、じゃがいも焼酎をひと口飲んだ。

「でも、京香さんとは、よくメールをしていたんですよね。それが、彼女の心の支えになっていたんじゃないかな」

本心からつぶやいた。

思い返すと、葉子はどこか心を閉ざしているようなところがあり、ひとりでいることが多かった気がする。だが、葉子には京香という幼なじみがいた。それが唯一の救いだった。

「片田さんって、おやさしいんですね」

ふいに京香はこちらを見ると、濡《ぬ》れた瞳で微笑んだ。

（うっ……）

その笑顔が眩《まぶ》しくて、英治は慌てて視線をそらす。そして、グラスにじゃがいも焼酎を注《つ》ぐと、喉にグッと流しこんだ。

「半年くらい前から、葉子ちゃんのメールの雰囲気が変わったんです。文面が明るくなったっていうか、楽しげというか」

話題が変わり、京香の声も弾んでいる。

「それで、わたし、すぐにピンと来ちゃったんです。これは、好きな人ができたなって」

じっと見つめられて、英治は頰をひきつらせた。

「そ、そうなんだ……」

「それで、ストレートに尋ねたんです。恋してるでしょって。そうしたら、葉子ちゃん、よくわかったねって返してきたんですよ」

英治は返事もできなくなって固まった。

「お相手の名前は知らないんですけど、職場の上司だって書いてありました。片田さんって、葉子ちゃんの上司なんですよね？」

どうやら、京香は確信しているようだ。

思いがけない展開に、英治は激しく動揺してしまう。葉子がそんなことまで打ち明けているとは意外だった。職場の同僚とは深いつき合いをしていないようだが、幼なじみの京香は信頼しているのだろう。

「参ったな……」

英治は苦笑いを浮かべると、再びじゃがいも焼酎を呷《あお》る。疲れているせいもあり、だいぶ酔いがまわってきた。

「片田さんは、葉子ちゃんのこと、どう思ってるんですか?」

京香の頬もほんのりピンク色に染まっている。あまり強くないと言っていたので、早くも酔っているのかもしれない。

「ミスは少ないし、受け答えもしっかりしてるし――」

「そういうことじゃなくて、女としてどう思っているかを聞きたいんです」

突然、京香の声が大きくなった。

やはり酔っているようだ。顔を近づけると、英治の目をじっと見つめる。この感じだと、適当な言い逃れは通用しないだろう。

「嫌いじゃないよ。いや、こんな言い方はダメだな。もう、とっくに好きになってるよ」

酔いにまかせて打ち明ける。はっきり言葉にしたことで、自分の気持ちを確信した。

「でも、本当に俺でいいのか、という気持ちもある」

「どういうことですか？」

「俺はバツイチだし、年も離れている。それでも、葉子の想いを受けとめる以上は、幸せにする義務がある。軽い気持ちではつき合えないよ」

ふたりとも大人だ。つき合うとなれば、そのまま籍を入れる可能性が高い。真剣になるのは当然のことだ。

「まじめなんですね」

なぜか京香の瞳が潤んでいる。至近距離からじっと見つめられると、照れくさくなってしまう。

「感動しました。葉子ちゃんが好きになった理由がわかります。わたしも好きになりそうです」

京香は顔を寄せたままささやいた。

「だいぶ酔ってるみたいだね。そろそろ――」

お開きにしようと言いかけたとき、正座をしていた京香がバランスを崩して倒れかかってきた。

「おっと、危ない」

英治はとっさに両手をひろげて抱きとめる。京香は胸板に寄りかかり、頬を押し当てた状態だ。

「す、すみません、足が……」

京香の声は情けなく震えている。

どうやら、長いこと正座をしていたため、足が痺《しび》れてしまったらしい。しきりに足を気にしているが、それより大きな問題が起きていた。

「あ、あの、京香さん……」

英治は遠慮がちに声をかける。だが、京香は寄りかかった状態で、まだ動けないようだ。

「も、もう少しだけ……」

「それは構わないのですが、手を……」

「あっ……」

英治の言葉でようやく気づいたらしい。京香は小さな声を漏らすと、見るみる顔をまっ赤に染めあげた。

彼女の右手が、英治の股間に触れている。胡座《あぐら》をかいていたため、浴衣の裾が乱れてグレーのボクサーブリーフが剝《む》き出しになっていた。そこに彼女の手のひらが、ちょうど重なっていたのだ。

「ご、ごめんなさいっ」

京香は耳まで赤くなっている。

慌てて身体《からだ》を起こそうとするが、まだ足が痺れているらしい。しかも、痺れが取れる過程で、さらにジンジンしているのだろう。苦しげに顔をしかめて、身体の自由が利かないようだ。

「す、すぐに……ううっ」

「慌てなくてもいいですよ」

英治は平静を装って声をかけるが、内心、落ち着いていられなかった。

（や、やばい……）

ペニスが芯を通しはじめている。京香が無理に身体を起こそうとしたため、ボクサーブリーフごしに刺激されてしまったのだ。

（今はダメだ……絶対にダメだぞ）

懸命に心のなかでくり返す。

ここで勃起したら、先ほど語った葉子への想いが口先だけのようになってしまう。誓って本心だが、信用を失ってしまう気がした。

「ウ、ウソ……」

ふいに京香がつぶやき、身を固くするのがわかった。

彼女の視線は英治の股間に向いている。ボクサーブリーフのなかのペニスが硬くなっていくのが、手のひらに伝わったらしい。足の痺れが取れてきたのか、状況を把握して頬があからさまにひきつった。

(最悪だ……)

この場から逃げ出したい衝動がこみあげる。

ところが、英治の意志に反して、ペニスはムクムクとふくらんでいく。こうなってしまうと、途中で抑えるのはむずかしい。しかも、京香は手のひらを股間に重ねたまま固まっている。刺激されている以上、ペニスが勃起するのをとめられるはずがなかった。

## 4

「も、申しわけない……」

今度は英治が謝罪する番だった。

こんなときに勃起するとはタイミングが悪すぎる。今にして思うと、疲労が蓄積していたことも勃《た》ちやすい一因だったかもしれない。俗に「疲れマラ」と呼ばれている現象だ。

（参ったな……）

女性に説明してもわかってもらえないと思うが、極度に疲れていると勃起してしまうことがあるのだ。

「ほ、本当にすみません。決してやましい気持ちがあったわけでは……」

謝れば謝るほど、言いわけがましくなる気がして、途中で口を閉ざした。

きっと信頼を失ったに違いない。このことは、いずれ葉子の耳にも入ってしまうかもしれない。あの男はやめたほうがいいと伝えるのではないか。英治は肩をがっくり落としてうつむいた。

「わたしのせいで、ごめんなさい」

京香がぽつりとつぶやき顔をあげる。胸板に寄りかかったまま、濡れた瞳で見つめていた。

「わたしが、触ってしまったからですよね」

「い、いえ……悪いのは俺ですから……」

英治も再び謝罪する。ところが、なぜか京香は股間に重ねた手を離そうとしなかった。

「あ、あの、京香さん？」

「すごく……硬いです」

ささやくような声だ。京香の手のひらが、ボクサーブリーフの股間にますます押しつけられた。

「な、なにを……」

英治は困惑して動けない。頭ではいけないと思っているが、ペニスの感覚が鋭くなり、期待がふくれあがってしまう。

「久しぶりなんです。男の人に触れるの……」

京香はしなだれかかったまま、股間に重ねた右手の指をそっと曲げる。ボクサーブリーフの上から、太幹に細い指が巻きつけられた。

「うっ……」

甘い刺激がひろがり、小さな呻《うめ》き声が漏れてしまう。

どういうわけか、京香が布地ごしにペニスを握っている。肉棒はさらに芯を通して、雄々しく反り返っていく。彼女の手のなかで硬くなり、これ以上ないほど勃起してしまった。

「ああっ、すごいです」

京香がため息まじりにつぶやいた。

その声が色っぽくて、よけいに身動きが取れなくなる。この状況で期待するなというほうが無理な話だ。

「い、いけません……」

自分でも口先だけだとわかっている。

なにしろ、ペニスはこれ以上ないほど勃起して、先端から大量の我慢汁を垂れ流してるのだ。すでにグレーのボクサーブリーフには、黒い染みが大きくひろがっていた。

「わ、わかっています。こんなこと、いけませんよね……」

口ではそう言いつつ、京香はペニスから手を離さない。それどころか、ゆるゆるとしごきはじめた。

「くうッ……」

「いけないって、わかってるんです。でも……」

英治が声を漏らすと、京香はうれしそうに目を細める。そして、指をさらに強く太幹に巻きつけた。

「そ、そんなにされたら……」

刺激がどんどん強くなり、急速に欲望がふくれあがっていく。これ以上されたら、本当に我慢できなくなってしまう。

「ここって田舎じゃないですか。なかなか出会いがないんです」

京香がペニスをしごきながら語りはじめる。胸板に寄りかかり、上目遣いに見つめる瞳はしっとり潤んでいた。

「恋人はいたんですけど、だいぶ前に別れてしまって、それ以来、男の人とは縁がなくて……」

幼さの残る愛らしい顔立ちをしているが、身体は女性として成熟している。健康なら欲望もあるに違いない。しかし、男性と出会う機会がないという。

「で、でも、俺は……」

葉子の顔が脳裏をよぎる。罪悪感がこみあげるが、ペニスがこれ以上ないほど勃起しているのも事実だ。

「葉子ちゃんのことが気になるんですね」

京香が淋《さび》しげな声を漏らして睫毛《まつげ》を伏せる。

彼女の胸にも罪悪感がこみあげているのかもしれない。葉子のことを実の姉のように慕っているのだから当然のことだろう。しかし、右手では勃起したペニスを握ったままだった。

「わたしも、葉子ちゃんを裏切ることはできません」

そう言いつつ、京香は英治の肩をそっと押して、すでに敷いてある布団に押し倒した。

「きょ、京香さん？」

英治は仰向《あおむ》けの状態で困惑の声を漏らす。彼女がなにを考えているのかわからなかった。

「最後までしないなら、いいですよね」

京香は膝立ちの姿勢で、ブラウスのボタンをはずしていく。やがて前がはらりと開き、淡いピンクのブラジャーが露《あらわ》になる。カップで寄せられた乳房が作る白い谷間が眩しかった。

(お、おい……)

とめようとするが声が出ない。

英治は身動きもできず目を見開いている。白くて瑞々《みずみず》しい肌から視線をそらせなくなっていた。

目の前で京香がブラウスを脱ぎ、さらにはブラジャーも取り去った。張りのある双《ふた》つの乳房がタプンッと揺れてまろび出る。鮮やかなピンクの乳首は、彼女の興奮度合いを示すように隆起していた。

つづいてフレアスカートをおろしていく。股間を覆っているのは、ブラジャーとおそろいの淡いピンクのパンティだ。恥丘のふくらみが期待を高めて、英治は思わず喉をゴクリと鳴らしてしまう。

「恥ずかしいです」

自分の意志で脱いでいるのに、京香は抗議するようにつぶやく。そして、最後の一枚に指をかけると、スルスルとおろしはじめる。露出した恥丘の黒々とした陰毛に、またしても視線が吸い寄せられた。

（こ、これが、京香さんの……）

男日照りを証明するように、陰毛は手入れがされていない。自然にまかせるまま、濃厚に生い茂っていた。

「そんなに見られたら……」

京香は小声でつぶやき、膝立ちの姿勢でくびれた腰をよじらせる。すると、大きな乳房がタプタプ揺れて、英治の目をますます楽しませた。

「片田さん……お願いです」

膝立ちのまま、京香がにじり寄る。そして、英治の浴衣の帯をほどくと、前をはだけさせて腕を抜いた。

「ま、待つんだ」

なんとか声を絞り出す。

しかし、裸の女性に迫られて、本気で抵抗することはできない。どうしようもなく期待がふくらんでしまう。抗《あらが》うのは口先だけで、結局はされるがままになっていた。

「最後まではしません。それなら、わたしも片田さんも、葉子ちゃんを裏切ることにはなりませんよね？」

京香はそう言いながらボクサーブリーフを引きさげる。隆々とそそり勃ったペニスが剝き出しになり、濃厚な牡《おす》のにおいがムワッとひろがった。

「ああっ、素敵です」

ボクサーブリーフが足から抜き取られて、細い指が太幹にからみつく。甘い刺激が全身に行き渡り、新たな我慢汁が溢《あふ》れ出した。

「くううッ……」

「お願いです。慰めてください」

切実な瞳を向けられても、どうすればいいのかわからない。なにしろ、彼女は最後まではしないと言っているのだ。

「お、俺にできることなんて……」

英治はなんとか言葉を絞り出す。

すると、京香は逆向きになり、英治の顔をまたいで膝立ちになる。自ら股間を見せつける大胆な格好だ。濡れそぼったピンク色の陰唇がアップで迫り、瞬間的に頭のなかがカッと燃えあがった。

京香はそのまま上半身を伏せると、英治の体にぴったり重なる。シックスナインの体勢になり、細い指を太幹に巻きつけた。

「大きくて立派です……ンンっ」

ささやくような声で言うと、亀頭の表面に舌を這《は》わせる。ヌルリッとした感触がひろがり、英治の腰に震えが走った。

「ううッ……」

「わたしのことも……お願いします」

懇願しながら何度も亀頭を舐《な》めあげる。

我慢汁が大量に付着しているのに、まったく気にすることはない。いや、もしかしたら味わっているのかもしれない。ねちっこく舌を這いまわらせて、我慢汁を舐め取っているようだ。

「そ、そんなことまで……」

「ああンっ、おいしいです」

京香の口から信じられない言葉が溢れ出す。

やはり我慢汁を味わっているらしい。尿道口を集中的に舐めまわすと、亀頭の先端に唇を密着させて、チュウウッと吸引した。

「ぬううッ、きょ、京香さんっ」

鮮烈な快感が脳天まで突き抜ける。英治は反射的に両手をまわして、張りのある尻たぶを抱えこんだ。

文字通り目と鼻の先に女陰が迫っている。しかも、大量の華蜜でトロトロになっているのだ。甘酸っぱい牝《めす》の香りが鼻腔《びこう》をくすぐり、理性が灼《や》きつくされていく。

「片田さん……あふンンっ」

京香の唇が亀頭にかぶさる。ペニスの先端を口に含んだのだ。亀頭が熱い吐息に包まれて、張り出したカリを柔らかい唇が包みこんだ。

「おおおッ」

またしても快感がひろがり、呻き声を放っていた。

牡の本能が目覚めて、女陰にむしゃぶりついていく。唇を押し当てると、華蜜の溢れるグチュッという下品な音が響きわたった。

「あううッ」

京香がペニスを口に含んだまま、くぐもった喘《あえ》ぎ声を漏らす。望んでいた刺激を受けて、英治に重なった裸体をくねらせた。

お返しとばかりに、ペニスがさらに呑《の》みこまれる。熱い口腔粘膜が亀頭と太幹に密着して、柔らかい舌が這いまわった。唾液と我慢汁がまざり合い、ヌルヌルと滑るのがたまらない。

「す、すごいっ……ううッ」

英治も首を持ちあげて、女陰を必死に舐めまわす。舌を伸ばすと、クリトリスを探り当てて転がした。

「ヒンッ、そ、そこは……はンンンッ」

どうやら、肉芽が弱点らしい。舌先で転がしてやれば、すぐにぷっくり充血して硬くなった。そこに唾液と華蜜を塗りつけては、チュルチュルと吸いあげて刺激した。

「あうッ……あううッ」

京香は喘ぎ声を漏らしながら、首を振りはじめる。かなり昂《たかぶ》っているのか、いきなり激しい動きで太幹を刺激した。

「おおおッ、き、気持ちいいっ」

反射的に腰が跳ねあがり、亀頭が彼女の喉深くに入りこんでしまう。それでも京香はむせることなく、首をグイグイ振りつづける。

「あふッ……むふッ……はむうッ」

興奮がすべての感覚をうわまわっているらしい。喉奥に亀頭が当たるのも気にせず、太幹を根元まで呑みこんだ。

「あむううぅッ」

「くおおおッ、も、もうっ」

快感がどんどん大きくなり、限界が迫ってくる。英治も女陰を舐めまわし、クリトリスを思いきり吸いあげた。

「あああッ、い、いいいっ」

京香が喘ぎながらペニスをしゃぶる。首をこれ以上ないほど激しく振り、我慢汁をズチュウウゥッと吸い出した。

相互愛撫《あいぶ》でふたりは瞬く間に高まっていく。互いの性器を舐めまわし、体液を吸いあげては嚥下《えんげ》する。そうやって刺激を与え合うことで快感がふくらみ、ついには絶頂の大波が轟音《ごうおん》を響かせながら迫ってきた。

「も、もうっ……うううッ」

英治は両手で尻たぶをしっかりつかみ、とがらせた舌を膣口《ちつこう》にズブズブと沈みこませた。

「あううッ、い、いいっ、あああッ、イ、イクッ、イクうううッ！」

京香がペニスを口に含んだままでよがり泣く。全身を震わせて、股間から大量の愛蜜をプシャアアッとしぶかせた。

「おおおッ、で、出るっ、くおおおおおッ！」

たまらず英治も野太い声を響かせる。熱い口腔粘膜に包まれたペニスが、さらにひとまわり大きくなり、先端から灼熱《しゃくねつ》のザーメンが噴きあがった。

射精と同時に京香が吸いあげたため、快感がより大きなものへと変化する。粘性の高い精液が、あり得ない速度で尿道を駆け抜けていく。ザーメンを吸い出されるのは、お漏らしにも似た感覚だ。全身が跳ねるように痙攣《けいれん》して、頭のなかがまっ白になった。

ふたりはシックスナインで、ほぼ同時に昇りつめた。

絶頂の余韻が色濃く漂うなか、互いの股間に顔を埋《うず》めたまま、女陰と男根をしゃぶりつづける。ふたりとも腰をときおり震わせて、愛蜜と精液の残滓《ざんし》をしつこく放出した。

正直なところ、最後までしたかった気持ちもある。もしかしたら、京香も同じかもしれない。なんとかシックスナインでこらえて絶頂に達したことで、崩壊しそうだった理性を取り戻した。

「ふたりだけの秘密……ですね」

京香がペニスを吸いながらささやいた。

「あ、ああ……そうだね」

英治は胸にこみあげる罪悪感に気づかないフリをして、濡れた女陰をしゃぶりつづけた。

# 第四章　背徳に濡れる最北端

## 1

「おはようございます。よく眠れましたか？」

翌朝、食堂に向かうと、京香がはにかんだ笑顔で迎えてくれた。

心なしか肌つやがよく見える。セックスこそしなかったが、久しぶりに女の悦《よろこ》びを味わったのがよかったのだろう。魅力的な笑顔が、よりいっそう眩《まぶ》しく感じられた。

「おはようございます」

英治のほうが緊張してしまう。なんとか平静を装って挨拶するが、頬の筋肉がこわばっているのが自分でもわかった。

こういうとき、女性のほうが堂々としているものだ。愛らしい顔で微笑《ほほえ》む京香を見ていると、昨夜の乱れた姿が嘘《うそ》のように思えてくる。だが、幼なじみに対するうしろめたさは、彼女の瞳の奥に見え隠れしていた。

(わかってるよ。絶対に秘密だ)

ふたりとも思っていることは同じだ。わざわざ声に出す必要はない。英治は心のなかでつぶやいた。

テーブルには鮭《さけ》の塩焼きに納豆と焼き海苔《のり》、生卵、それに白いご飯と味噌汁《みそしる》が並んでいる。バランスの取れた王道の朝食がありがたい。しっかり食べて、今日の走りに備えた。

食事を終えるころ、京香がほうじ茶を持ってきてくれた。

「今日はどちらまで行かれるのですか?」

「稚内です。宗谷岬を経由して向かいます」

ついに稚内に到着すると思うと、複雑な感情が湧きあがる。

すでに地図をチェックして、ルートは確認済みだ。以前、走ったことがあるので、記憶にもなんとなく残っている。信号が少なく距離もそれほどない。すぐに出発できるので、午後の早い時間には到着するだろう。

「どなたかとお会いになるのですか？」

そう言われて、英治は思わず彼女を見返した。

「なんだか、そんな気がしたんです」

京香は相変わらず微笑を浮かべているが、人をよく観察しているのかもしれない。急に鋭いことを言われて驚いた。

「ええ……古い友人に会いに行きます」

少し迷ったすえに、そう答える。

二十年前に雅人は亡くなった。それは事実として受けとめている。親友の死を信じられず、今でも生きていると思いこんでいるわけではない。なにしろ、英治は事故の現場に居合わせたのだ。

魂が消えていく瞬間を目撃した。目の光が消えていくのを見つめていた。

しかし、葬式に参列できず、墓参りすらできていない。あれから二十年が経過したが、自分のなかでけじめがつけられずにいる。亡くなる瞬間には立ち会ったが、心の整理はできていなかった。

「親友なのに、ずっと会えないままだったんです」

「それなら、お友達も喜んでくれますね」

京香の言葉が胸に染みわたる。

「それならいいんですが……」

「喜んでくれますよ。親友ですもの」

そう言われて、ふいにこみあげるものがあった。

鼻の奥がツーンとなり、危うく涙ぐみそうになる。英治は慌ててほうじ茶を口に含んだ。

「熱っ……」

思わず声をあげると、京香がすぐに水を持ってきてくれる。そして、火傷《やけど》がないとわかり、やさしげな笑みを浮かべた。

「気をつけてくださいね」

「ありがとうございます。ごちそうさまでした」

水を飲んで立ちあがれば、京香は静かに頷《うなず》く。互いに昨夜のことには、ひと言も触れなかった。

いったん部屋に戻ると、荷物をまとめてチェックアウトした。

受付に京香の姿はなかった。少し淋《さび》しい気もしたが、なにごともなかったように別れるのがいちばんだ。おそらく京香もそのつもりで、あえて顔を見せなかったのではないか。そんな気がしてならなかった。

バイクのエンジンをかけて、暖機運転をしながら荷物をくくりつける。

空を見あげると、灰色の雲が低く垂れこめていた。今にも雨が降り出しそうな天気だ。

気温も低いのでレインコートを着たほうがいいかもしれない。一度走り出してしまうと、途中でとまるのが面倒になる。その結果、レインコートを着るタイミングを失って、ずぶ濡《ぬ》れになることがよくあった。

しかし、日が出て気温があがると、レインコートのなかはサウナ状態になってしまう。汗だくになるのも体力を消耗するので、ツーリングにおいて天気を読むのは大切だった。

レインコートを着ると、ヘルメットをかぶってグローブをつける。万全の装備で走りはじめた。

国道238号線を北に向かう。右手に見えるオホーツク海は、昨日とは違って荒れぎみだ。いやな予感はしていたが、やはり走り出して数分で、雨粒がポツポツとヘルメットのシールドに当たりはじめた。

（降ってきたか……）

覚悟はしていたが、バイクで雨に降られるのはいやなものだ。

視界が悪くなり、タイヤが滑るのでスピードを出せない。だが、車は平気で飛ばして追い抜いていくので、路面にたまった雨水をかけられる。濡れると体が冷えて体力を消耗していく。

晴れている日は気持ちいいが、雨の日はひたすら我慢しなければならない。ツーリングは人生に似ていると思う。いいときもあれば悪いときもある。決して楽しいことばかりではない。それでも、晴れたときの爽快感を知っているから、走りつづけられるのだ。

すれ違うライダーとピースサインを交換する。こういう悪天候のときは、とくにうれしいものだ。見知らぬ者同士だが、元気をもらえる気がする。互いの安全を願いながら走りつづけた。

（寒くなってきたな……）

レインコートを着ていても、雨に打たれていれば体は冷える。もうすぐ、日本最北端の地だ。八月でも天気が悪ければ寒かった。

やがて宗谷岬が見えてきた。

　時刻は午後零時半だ。いつの間にか雨が小降りになり、駐車場に停《と》めるときにはあがっていた。

　天気は今ひとつだが、観光客が大勢訪れている。「日本最北端の地」と書いてある石碑の前では、順番に記念撮影が行われていた。

　英治はレインコートを脱ぐと、石碑に背を向けて、まっすぐ食堂に向かう。体が冷えきっており、すぐに温かいものを腹に入れたかった。昔、八月に訪れたとき、ストーブがついていた食堂だ。今日はあのときほど寒くないが、それでも英治の膝は震えていた。

　壁に貼られたメニューを見て、味噌ラーメンを注文する。体がいちばん温まりそうな気がした。

　できあがるのを待つ間に、スマホを取り出してメールを打つ。もちろん、相手は葉子だ。

『宗谷岬の食堂にいます』

　短い文面だが、とにかく無事であることを伝えたかった。送信すると、すぐに返信が届いた。

『メールありがとうございます。気をつけてくださいね』

相変わらずあっさりしているが、父親のことを聞いているので印象が違う。葉子が心配してくれているのが、しっかり伝わってきた。

やがて味噌ラーメンが運ばれてくる。湯気を立てているスープをレンゲでひと口飲むと、食欲が一気に加速した。

ラーメンを平らげて、だいぶ体が温まった。店内は空《す》いていたので、そのまま一服させてもらうことにする。

食後のコーヒーを頼んで、今日の予定を確認する。ここから稚内市内まで一時間もかからない。ホテルを探してチェックインするには早すぎる。やはり、このツーリングの目的である墓参りをするべきだろう。

(雅人……)

心のなかで呼びかけるだけで、胸に熱いものがこみあげた。

二十年も経《た》ってしまったが、やっと墓参りできる。ずっと心にひっかかっていたのに避けてきた。ずいぶん遠まわりしたが、ようやく雅人と向き合う決心がついたのだ。

しかし、その前にひとつ試練を乗り越えなければならない。

宗谷岬から稚内の市街地に向かう途中の道路で、雅人は事故に遭ったのだ。二十年ぶりにあの道路を走る。英治にとって、これほど恐ろしいことはない。事故の瞬間の記憶は脳裏に生々しく刻みこまれていた。

## 2

宗谷岬を出発して、国道238号線を走っていく。

宗谷湾を右手に見ながら、稚内の市街地に向かうコースだ。海沿いを走る片側一車線の道路で、基本的に右のほうへ緩くカーブしている。とはいえ、岬に沿っているため、左にカーブする場所もあった。

また雨粒がポツポツ落ちてきた。念のため、再びレインコートを着ておいて正解だった。雨脚はあっという間に強くなり、乾きかけていた路面が濡れて、黒っぽく染まっていく。

二十年前と同じだ。

あの日も雨が降ってきて、ふたりはずぶ濡れになりながら走った。稚内の市街地まで、それほど距離はない。前を走る雅人が停まる気配はなかった。うしろから見ていた英治は、停まってレインコートを着るより、一気に走ることを選択したのだと思った。

海に視線を向ければ、遠くに野寒布岬《のしゃっぷ》が見えている。

雅人もこの景色を見ながら走ったのかもしれない。もうすぐ、緩やかな左カーブに差しかかる。雅人が命を落とした、あの左カーブだ。

雅人のバイクは、黒と赤のツートンカラーのGPZ900R。Ninjaという愛称で知られており、映画「トップガン」のなかでトム・クルーズが乗ったことでも有名だ。

英治はKATANAに乗り、雅人のうしろを走っていた。

いつもの光景だった。それまで数えきれないほど、雅人の背中を見ながら走ってきた。あの日もいつもと同じで、とくに変わったところはなかった。あの瞬間が訪れるまでは……。

宗谷湾に沿って右にカーブしていた道路が直線になり、やがて前方に緩い左カーブが見えてくる。

二十年ぶりだというのに、記憶が褪《あ》せることはない。

とくに走りにくい道路ではなかった。路面が雨で濡れていたためタイヤが滑ったのか、体が冷えていたため操作を誤ったのか、ほんの一瞬、よそ見をしてしまったのか。

いくら考えても事故の原因はわからない。だが、あの日の光景だけは鮮明に覚えている。前を走る雅人のバイクが、緩い左カーブで対向車線にはみ出した。そこにダンプカーが走ってきて、吸いこまれるようにぶつかった。

あのとき聞いたクラクションのけたたましい音は、今でも耳の奥にはっきり残っている。あれ以来、クラクションが苦手になった。すべてを目撃した英治は動揺して転倒した。

はじめて乗る救急車が、雅人といっしょになるとは思いもしなかった。

病院に到着するまでの間、必死に呼びかけたが、雅人は目を開けなかった。それでも信じていた。必ず助かる。こんなことで死ぬはずがない。危なかったなと言って、いつものように笑ってくれるはずだ。

だが、雅人は即死だった。

英治は単独事故で、左腕の骨折だけですんだ。

ほんの一瞬の間に、あの日の出来事が次々と脳裏によみがえる。左コーナーが近づくと体がこわばり、ハンドルを握る手に思わず力が入った。その結果、アクセルが開いてスピードが出てしまう。

（や、やばいっ……）

全身から血の気が引いていく。

もうコーナーの入口だ。慌ててブレーキレバーを握りしめる。フロントフォークが沈んで、体が前のめりになった。

バランスが崩れて、濡れた路面でリアタイヤが横滑りする。バイクがセンターラインに寄り、対向車線を走ってくるダンプカーが視界に入った。クラクションが聞こえて、全身の筋肉がさらにこわばってしまう。

事故が起きる寸前、もう駄目だと思うか、絶対に回避しようと思うかが、生死の境目だと聞いたことがある。

だが、事故で亡くなった人が、死の直前にどう思ったかなど確認のしようがない。きっと雅人は最後まであきらめなかったはずだ。

――バイク乗りは、バイクで死ぬのがいちばん格好悪いことなんだ。

それが雅人の口癖だった。

誰よりもバイクを愛した男だ。ギリギリまで事故を回避しようとしたに決まっている。

（俺も……）

英治は懸命にバイクをコントロールして、左コーナーを抜けていく。ダンプカーとすれ違いざま、路面の雨水が全身にかかった。

道路が直線になり、小さく息を吐き出した。雅人と同じ場所で事故に遭うなど洒落《しゃれ》にならない。万が一、命を落としていたら、知り合いに後追い自殺をしたと思われかねなかった。

（事故らなくてよかった）

安堵《あんど》して、まっ先に葉子の顔が脳裏に浮かんだ。

自分を待っている人がいると思うと、いざというときに強くなれる。事故を懸命に回避したのは葉子に会いたいからだ。愛する人の存在が、心の支えになることを実感した。

3

そのあとは順調に走りつづけて、午後二時前には稚内の市街地に入った。

雅人の生まれ故郷だと思うと感慨深い。雅人は稚内の生まれで、札幌の大学に進学した。そして、そのまま札幌で就職して、ときどき英治とツーリングに行っていたのだ。

二十年前は、雅人の里帰りを兼ねたツーリングだった。出発前、雅人はどうしても会わせたい人がいると言っていた。しきりに照れていたので、もしやと思った。

「会わせたい人って誰だよ。教えろよ」

「なんとなくわかるだろ。大切な人だよ」

雅人はごまかしていたが、言葉の端々から決意が伝わってきた。だから、紹介してもらうのを楽しみにしていた。それなのに、まさかあんな不幸な事故が起きるとは思いもしなかった。

墓地の場所は事前に調べてある。海の近くの小高い丘の上にある霊園だ。そのままバイクを走らせて霊園に向かった。

駐車場にバイクを停めてエンジンを切る。お盆ということもあり、たくさんの車が停まっていた。

雨はすっかりあがっている。レインコートを脱ぐと、まずは霊園の売店に立ち寄った。線香と花を買い、手桶《ておけ》と柄杓《ひしゃく》を借りて水を汲《く》む。そして、雅人の墓に向かう。昔の仲間に連絡して、だいたいの場所は聞いていた。

（ここか……）

墓はすぐに見つかった。

海を望める場所に墓石が建っていた。雑草は抜かれており、墓石もきれいに磨いてあった。

（誰か来たのか？）

思わず周囲に視線をめぐらせる。

だが、墓参りをしている人たちのなかに、知り合いの顔はない。英治を気にしている人もいなかった。

（大丈夫だよな）

心のなかでつぶやくが安心はできない。

とにかく、柄杓で墓石に水をかけて、蠟燭《ろうそく》に火を灯《とも》した。線香に火をつけて立てると花を供える。そして、なんとか気持ちを落ち着かせてから、腰を落として手を合わせた。

（雅人……遅くなってすまない）

目を閉じると心のなかで謝罪する。

ようやく、墓参りをすることができた。ここに来るまで、二十年もかかってしまった。

またしても事故のことを思い出す。

病院に運ばれて、英治は折れた左腕の治療を受けた。ギプスで固定して三角巾で吊《つ》られると、不安に駆られながら雅人のもとに向かった。ところが、病室ではなく霊安室に案内されて愕然《がくぜん》とした。

目を閉じて横たわる雅人は、寝ているだけのようだった。しかし、どんなに呼びかけても反応はない。そのうち返事をしてくれると思ったが無駄だった。気づくと涙が頬を伝っていた。

やがて連絡を受けた雅人の家族が駆けつけた。

雅人の両親に会うのは、このときがはじめてだった。母親は息子の遺体を前に泣き崩れて、父親は悲しみをこらえて奥歯を食いしばった。

「すみません……」

英治は震える声で謝罪した。

「キミのせいじゃない」

雅人の父親はすでに事故の状況を聞いていたのだろう。つらい状況にもかかわらず、そう言って慰めてくれた。

そこに雅人の恋人、森脇紗理奈《もりわきさりな》がやってきた。稚内在住の十七歳で、雅人とはひとまわり年が離れていた。突然の恋人の死を受け入れられず、最初から号泣していたのを覚えている。

雅人が英治に紹介しようとしていたのは、紗理奈のことだった。

家が近所で昔から家族ぐるみのつき合いだったらしい。両家の親も公認で交際しており、将来のことを真剣に考えていたという。それだけに紗理奈の悲しみは大きかった。

「まーくんといっしょに走っていたのは、あなたですか」

紗理奈の責任を追及するような目が忘れられない。英治が謝罪しようと思って歩み寄ったときだった。

「どうして、あなたは大丈夫だったんですか。どうして、まーくんを助けてくれなかったんですか」

紗理奈の言葉は、刃物のように英治の胸に突き刺さった。泣きながらにらみつけられて、なにも言うことができなかった。

「自分だけ助かって、どういう気持ちですか。オートバイなんて、この世になければいいのに」

悲しみと怒りのこもった目をはっきり覚えている。

親友を失ったショックで、あの日の記憶は途中から細切れになっていた。それでも、紗理奈に憎悪を向けられたことは忘れられない。モノクロフィルムのような記憶の断片のなかで、彼女の憤怒だけは鮮明に残っていた。

以来、紗理奈に拒絶されている。

紗理奈が会いたくないと言っているからという理由で、葬儀に参列することができなかった。墓参りにも来ないでくれと言われて、花を供えることすら拒絶された。

英治は責任を感じて、自分だけが生き残ったことをつらく感じた。雅人が死んだのは自分のせいだと思い悩んだ。

事故に遭った日を最後に、稚内には近づいていない。バイクに乗るのもやめて、事故の傷が生々しいKATANAは売り払った。

それでも、墓参りをしたいという気持ちは持っていた。しかし、紗理奈に投げつけられた言葉は、二十年経った今でも胸に深々と突き刺さっている。自分の顔を見ることで、いやな気持ちになる人がいるのだ。自分には墓参りをする資格すらないと思っていた。

（それでも来たよ）

英治は心のなかで雅人に語りかけた。

今回、墓参りすることは誰にも話していない。紗理奈の耳に入れば、いやな思いをさせてしまう。だから、黙って墓参りをして、誰にも会わずに札幌へ帰るつもりだ。

（俺も来月、五十になるんだ。その前に、墓参りしたいと思ってさ……）

胸にこみあげてくるものがあった。

親友なのに、ずっと墓参りしていないことが気になっていた。いざ、こうして手を合わせてみると、もっと早く来るべきだったと思う。紗理奈には厳しいことを言われたが、こっそり来ることはできたはずだ。

（自分に言いわけをしていたのかもしれないな……）

ふとそう思った。

結局、雅人の死を受け入れられていなかったのではないか。事故を目の当たりにしたのに、信じたくなかったのかもしれない。墓参りをすることで、親友の死を再確認することが怖かったのではないか。

（俺だけが、おまえの死にぎわに立ち会ったのに……バカだよな）

思わず涙ぐみそうになり、英治は立ちあがった。

いつの間にか、青空がひろがっている。背後を振り返れば、高台から穏やかな海が見渡せた。

（いいところだな、雅人……また来るよ）

親友に語りかけると、英治はその場から立ち去った。

4

手桶と柄杓を返して、霊園の駐車場に向かって歩いていく。

青空の下、英治のＫＡＴＡＮＡが銀色に輝いている。そして、すぐ隣に先ほどはなかったバイクがとまっていた。

（あれは……）

英治は思わず眉根を寄せた。

遠目でもわかる。黒と赤のツートンカラーは、Ｎｉｎｊａに間違いない。雅人の愛車、ＧＰＺ９００Ｒだ。

そして、Ｎｉｎｊａの脇には、黒いダブルのライダースジャケットに黒の革パンツを穿《は》いた人が立っていた。ヘルメットをかぶっているので顔は確認できないが、雅人が好んで着ていた服に似ている。

こんな偶然があるだろうか。

雅人の墓参りに来て、雅人にそっくりのライダーに遭遇したのだ。無性に話しかけたい衝動に駆られた。雅人ではないのはわかっている。それでも、言葉を交わしてみたいと思ってしまう。

少し感傷的になっているのだろうか。

ＫＡＴＡＮＡとＮｉｎｊａが並んで停まっているのを見て、当時のことを思い出す。雅人とふたりでツーリングしていたときは、いつも普通に目にしていた光景だった。

二台とも今となってはレトロなバイクだ。まったく走っていないとは言わないが、あのころと同じ光景が目の前にあるのは衝撃的だった。

英治は思わず歩調を速めた。

しかし、Ｎｉｎｊａは目の前で走り去ってしまう。雅人のはずがない。頭ではわかっているが、ただの偶然とも思えない。どうしても気になり、英治は慌ててヘルメットをかぶると追いかけた。

(クソッ……)

丘をくだったところで信号に捕まった。

それほど入り組んだ道ではないが、バイクは見当たらない。信号が青に変わるなり、幹線道路を飛ばして追いかける。しかし、うしろ姿すら捉えることはできなかった。

(どこに行ったんだ……)

速度を落としてあたりを流してみる。

だが、もうどこにもいなかった。あきらめきれず、霊園に向かう道を戻ってみる。そのとき、視界の隅にツートンカラーのバイクがチラリと映った。

「あっ……」

ヘルメットのなかで思わず声をあげた。

小さな喫茶店の前に、Ｎｉｎｊａが停まっていた。英治はすぐにUターンすると、隣にバイクを停めてエンジンを切った。

(この店に……)

先ほどのライダーがいるはずだ。

荷物は積んでいなかったので、おそらくツーリング中ではなく、地元の人だろう。とにかく、英治も喫茶店に寄ることにした。

入口の上に木製の看板がかかっており「のんびり珈琲館《コーヒー》」と書いてある。ドアを開けると、とたんにコーヒーのいい香りが溢《あふ》れ出した。

「いらっしゃいませ」

カウンターのなかに立っているマスターが迎えてくれる。

店内をさっと見まわすが、客の姿はない。カウンターが六席、四人がけのテーブルがふたつだけだ。座っていれば、すぐにわかる。もしかしたら、トイレにでも行っているのだろうか。

「お好きな席にどうぞ」

人のよさそうなマスターだ。年のころは四十前後だろうか。ダンガリーシャツを着ており、やさしげな笑みを浮かべていた。

英治はカウンター席に座った。

「コーヒーをください」

メニューを見ることなく注文した。

「ブレンドでよろしいですか」

マスターが穏やかな声で確認する。

どうやら、コーヒーにも何種類かあるらしい。コーヒー豆にこだわっているのかもしれない。しかし、申しわけないが、どれでもよかった。

「はい、ブレンドで……」

答えながら、もう一度店内を見まわした。

奥にトイレのドアが見える。しばらく待てば、先ほどのライダーが出てくるかもしれない。

(俺は、なにをやってるんだ……)

我ながら間抜けだと思う。

亡くなった親友と同じ型のバイクを見かけただけで、赤の他人を追いかけてきたのだ。馬鹿なことをしていると思うが、どうしても気になってしまう。ただの偶然とは思えなかった。

「お待たせしました。ブレンドです」

マスターがカウンターごしにコーヒーを出してくれる。

「どうも……」

英治は返事をしながらも、トイレのドアを気にしていた。

「洗面所、空いてますよ」

視線に気づいたらしく、親切に声をかけてくれる。

「空いてるんですか？」

思わずつぶやくと、マスターは微《かす》かに首を傾《かし》げた。

「い、いえ……表にバイクが停まっていたものですから……」

「ああ、あれですか」

マスターの顔に笑みが浮かんだ。

「もしかして、マスターのバイクですか？」

そういうことなら、客の姿がないのも納得だ。ところが、マスターは首を小さく左右に振った。

「わたしは免許も持っていません。あれは――」

そのとき、カウンターの奥にあるドアが開いた。

ひとりの女性が姿を見せる。ストレートの黒髪が艶やかで、切れ長の瞳が特徴的だ。白いTシャツに黒い革パンツを穿いていた。

「妻のオートバイです」

まさかと思ったとき、マスターの声が耳に入った。

しかし、英治は相づちを打つことすらできずに固まっていた。奥から出てきた女性も動きをとめている。ふたりは視線を交わした状態で、身動きできなくなっていた。

「もしかして、妻のお知り合いですか?」

マスターは不思議そうに言うと、英治と女性の顔を交互に見やった。

(どうして……)

英治は心のなかでつぶやいた。

会うのは二十年ぶりだが見紛《みまが》うはずがない。鋭い眼光に覚えがある。彼女は紗理奈だ。今は喫茶店のマスターと結婚しているらしいが、雅人が交際していた女性に間違いなかった。

しかも、表に停まっているのは紗理奈のバイクだという。雅人が乗っていたのと同じ型のＮｉｎｊａだ。あれほどバイクを憎んでいたのに、どういう心境の変化だろうか。

なにかを感じたのか、マスターは口を挟もうとしない。さりげなく離れて、洗い物をはじめていた。

「片田さん……ですよね」

先に口を開いたのは紗理奈だ。

以前のような激しい憎悪は感じられない。しかし、こちらの様子をうかがっているのは口調や目つきでわかった。

「は、はい……」

答える声がかすれてしまう。

紗理奈とは二十年間、連絡を取っていない。謝罪の手紙を何通も書いたが、結局、一度も投函《とうかん》しないままだった。

自分とかかわりたくないのはわかっていた。謝罪したところで神経を逆撫《さかな》でするだけだ。そう思って、紗理奈の前から存在を消すことにした。彼女の目にいっさい触れないように、墓参りにも行かなかった。

今回も静かに札幌へ帰るつもりでいた。それなのに、こうして出会ってしまった。まさか、あのバイクが紗理奈のものだとは思いもしなかった。

「森脇さん、ですね」

英治も恐るおそる尋ねた。

こうなった以上、黙っているわけにはいかない。しかし、英治が目の前に現れた時点で、すでに気分を害している気がした。

「はい……でも、名字は変わりました」

意外にも穏やかな声だった。

紗理奈はやさしげな瞳をマスターに向ける。それに答えるように、マスターも微笑を浮かべた。

結婚していたとは知らなかった。

夫婦仲はよさそうに見える。雅人を失った悲しみは、幸せな結婚生活で癒やされたのかもしれない。

（それにしても……）

今ひとつ納得がいかない。

かつての恋人がバイクの事故で亡くなったことを、マスターは知っているのだろうか。雅人が眠っている墓地はすぐ近くだ。紗理奈が夫になにも話していないとは思えない。しかし、もし夫が知っていたら、妻がバイクに乗ることを許可しないのではないか。

さまざまな疑問が湧きあがっては消えていく。だが、それらは夫婦の問題なので、英治には直接関係のないことだ。

「お久しぶりです」

紗理奈が再び英治に視線を向ける。

怒っているようには見えないが、英治を許すとも思えない。なにを考えているのかわからなかった。

「お墓参りに来てくださったのですね」

「はい……気づいていたのですか」

英治は緊張しながらつぶやいた。

霊園の駐車場で英治がＮｉｎｊａを見かけたとき、紗理奈もこちらに気づいていたらしい。それなのに走り去ったのだから、やはり英治に会いたくなかったのだろう。

「すみません……」

とにかく、謝るしかなかった。

今の英治にできることはひとつしかない。一刻も早くこの場から立ち去り、彼女の視界から消えるべきだ。

「失礼します」

代金をカウンターに置くと席を立つ。そして、彼女に背中を向けようとしたときだった。

「ゆっくりしていってください」

ふいにマスターの声が聞こえた。

「僕がブレンドしたんです。ぜひ、飲んでいってください」

思わず立ちどまって振り返る。

マスターはやさしげな笑みを浮かべており、紗理奈もいっそう穏やかな表情で頷いた。

まだ口をつけていないコーヒーが湯気を立てている。

引き留めるふたりを振り払って帰るのも違う気がして、英治は再びスツールに腰かけた。

「古いお知り合いなんだね」

夫に話しかけられて、紗理奈が複雑な表情を浮かべる。否定も肯定もせず、睫《まつ》毛《げ》をそっと伏せた。

「店のほうはいいから、このあと出かけたらいいよ」

「でも……」

「せっかく、お友達が訪ねてきたんだ。積もる話もあるんじゃないか。ゆっくりしておいで」

柔らかい声音に、マスターの人柄が滲《にじ》んでいる気がした。

きっとなにかを知っている。知っているうえで、あえて「お友達」という言葉を使ったのではないか。そんな気がしてならなかった。

## 5

「本当によろしいのですか。いやだったら、無理をしなくても……」

バイクの脇に立ち、英治は遠慮がちに尋ねた。

「わたしもお話がしたかったので」

紗理奈は物静かな声で答える。

夫がいなくなったとたん、態度が変わるのではと警戒していた。抑えていた怒りが爆発するのではと思ったのだ。

ところが、英治の不安は見事にはずれた。紗理奈は懐かしい友人と再会したように、瞳をキラキラ輝かせている。罵倒されるかもしれないと内心身構えていたが、まったくの杞憂《きゆう》に終わった。

以前とずいぶん印象が違う。微笑を湛《たた》えた表情は美しく、大人の余裕さえ感じられた。

思えばあれから二十年も経っているのだ。

当時十七歳だった紗理奈は三十七歳になっていた。変わっていて当然かもしれない。とにかく、会話をするつもりはあるらしい。そういうことなら、食事をしながらのほうがゆっくり話せるだろう。

「どこに行きましょうか。土地勘がないので、森脇さんが……あっ、今は違うんでしたね」

「紗理奈でいいです」

彼女はそう言うが、下の名前で呼ぶのは気が引ける。しかし、新しい名字は知らなかった。

「では……紗理奈さんが、知っているお店に案内していただけませんか」

名前を呼ぶときは少し緊張した。英治が提案すると、紗理奈はＫＡＴＡＮＡに積んであるバッグに視線を向ける。

「その感じだと、まだ今夜の宿は決まっていないんですよね。先に泊まる場所を決めてしまったほうがいいと思います」

確かにそうかもしれない。

時刻はもうすぐ午後四時になるところだ。いくつかビジネスホテルに目星をつけてあった。

まずは街中にあるホテルに向かい、泊まる場所を確保することにする。先にチェックインをすませてしまえば安心だ。そのあと、紗理奈の知っている店に案内してもらえばいい。

はぐれたときのために携帯番号とメールアドレスを交換してから、英治が先にバイクで走りはじめる。サイドミラーに紗理奈のバイクが映っていることを確認しながらホテルに向かった。

十数分後、ホテルの駐車場に到着した。メーターを見ると、本日の走行距離は百七十キロほどだった。

「チェックインして、荷物だけ置いてきます」

英治はバイクを停めてバッグを降ろしながら告げる。

「この近くに、いいお店ありますか」

ここからバイクで行くのか、それとも歩くのか気になった。歩いて行ける場所なら、ヘルメットは部屋に置いていくつもりだ。

「スマホで検索してから連絡します」

紗理奈はそう言うと、バイクにまたがったままサイドスタンドを立ててエンジンを切った。

店探しは紗理奈にまかせて、英治はフロントに向かう。

運よくシングルルームが空いていた。チェックインを済ませると、部屋へと急いだ。

取れたのは五階の部屋だ。狭い空間に小さな窓があり、シングルベッドとライティングデスク、ミニ冷蔵庫などが配置されている。なんの変哲もないビジネスホテルのシングルルームだ。

そのとき、スマホが着信音を響かせた。取り出して画面を確認すると、紗理奈からのメールだった。

『人がいない場所で話したいです』

文面を目にして緊張が走る。

当然ながら雅人に関係することだ。どんな話になるのか、考えるだけでも気が重くなる。しかし、避けるわけにもいかなかった。

『わかりました。部屋に来てください。五階の５０２号室です』

文章を打ちこんで返信する。

昔ほど怒っているようには見えなかったが、積もり積もった思いがあるのかもしれない。それとも、二十年前に言いそびれたことがあって、それをぶつけるつもりではないか。

（いずれにしても……）

なにを言われるかわからない。心の準備をしておいたほうがいいだろう。

しばらくして、部屋のドアがノックされた。ドアスコープをのぞくと、硬い表情の紗理奈が立っていた。

「どうぞ……」

ドアを大きく開いて迎え入れる。

紗理奈は部屋の奥に進み、困惑した様子で立ちつくした。想像していたより狭かったのかもしれない。どこにいるべきか迷っているようだ。

「この椅子に座ってください」

ライティングデスクの椅子を勧めると、英治はベッドに腰かける。

紗理奈は会釈をして、ライダースジャケットを脱いでから腰をおろした。白いTシャツの胸もとが、意外なほど大きく盛りあがっている。緊迫した状況にもかかわらず、危うく視線が吸い寄せられそうになった。

紗理奈はなにもしゃべらない。思いつめたようにうつむいているため、部屋の空気が重たくなっていく。

「え、えっと、なにか飲みますか」

備えつけのミニ冷蔵庫を開けてみる。ところが、なかに入っていたのはサービスのミネラルウォーターだけだった。

「廊下に自動販売機があったから、なにか買ってきますよ」

「お酒、ありますか」

ようやく、紗理奈が口を開いた。しかし、彼女の唇から紡がれたのは意外な言葉だった。

「缶ビールとか酎ハイなら売ってると思いますけど……バイクで帰れなくなりますよ」

酔わないと話せないことがあるのだろうか。しかし、当然ながら飲んでしまったらバイクには乗れない。いったい、どうするつもりだろうか。

「帰りは朝になるかもしれないと言ってあります。じつは、わたしも部屋を取ったんです」

紗理奈は表情を変えずにつぶやいた。

どうやら、最初から飲むつもりだったらしい。まさか部屋を取っていたとは驚きだ。

「でも、旦那さんは本当に大丈夫なんですか。自分の妻が、知らない男と出かけるのは気になるでしょう」

あとになって、あらぬ疑いをかけられる可能性もある。よくよく考えたら、こうしてホテルの部屋でふたりきりになっているのも危険ではないか。

「夫なら大丈夫です。すべて話してありますから」

紗理奈はあっさり言いきった。

「すべて……というのは？」

英治は慎重に聞き返す。いよいよ、話が雅人のことに及ぶ予感がした。

「お酒……ありませんか」

再び紗理奈が酒を求める。

確かに、ここからはアルコールの力が必要かもしれない。英治も酒が飲みたくなっていた。

「ウイスキーは飲めますか？」

「ええ……」

「墓参りをした夜に飲むつもりで、あいつが好きだった酒を持ってきたんです」

英治はバッグのなかから、着替えの服に包んでおいた酒瓶を取り出した。

スコッチウイスキーのタリスカーだ。雅人はこれが大好きで、よくふたりで酒盛りをした。最初、英治はこのウイスキーの独特の香りが苦手だったが、飲んでいるうちに好きになっていた。

「その瓶、まーくんの部屋で見たことがあります」

紗理奈が懐かしげに目を細める。

「雅人のやつ、こればっかり飲んでたんです」

「飲んでみたいです」

紗理奈が即答してくれたので気分が盛りあがった。

雅人に縁のあるふたりが飲むなら、この酒しかないだろう。部屋に備えつけのグラスをふたつ持ってくるとライティングデスクに置いて、タリスカーをストレートで注《つ》いだ。

「ちょっとクセがあるけど、どうかな」

「いただきます」

紗理奈はグラスを手に取り、恐るおそるといった感じで口に含む。味わうように目を閉じると、ゆっくり飲みくだした。

「ああっ、すごい香りですね」

「このスモーキーなピート香が、好きな人にはたまらないんですよ」

英治も口に含んで、鼻に抜ける香りを楽しんだ。

雅人がうれしそうに飲んでいた顔が脳裏に浮かぶ。今日、ようやく墓参りができて、こうして雅人が好きだった酒を飲んでいる。そう思うと、感慨深くて胸にこみあげてくるものがあった。

紗理奈も同じ気持ちなのかもしれない。タリスカーを口に含んでは、味わうように飲んでいる。

（でも、なにか……）

ふと違和感を覚えた。

以前、確かに紗理奈は雅人とつき合っていたが、今は別の男性と結婚して暮らしている。しかし、紗理奈は今でも恋をしているように見えた。

かつての恋人を懐かしむ気持ちはわかるが、亡くなったのは二十年前だ。

「旦那さん、やさしそうな方ですね」

気になって話を振ってみる。

「はい……やさしすぎるくらいです。人がいいっていうか……ときどき、苦しくなります」

紗理奈がぽつりぽつりと語りはじめた。

「毎週、お墓参りに行っていたんです。帰りに喫茶店に寄るようになって、あの人と出会いました」

亡くなった恋人を忘れられず涙する紗理奈を、マスターはいつも慰めてくれたという。

数年後も紗理奈は雅人のことを想《おも》いつづけていた。そんな彼女にマスターはプロポーズした。紗理奈の心は亡くなった恋人に向いているのに、すべてを受けとめてくれたらしい。そして、夫婦で喫茶店を切り盛りしている。

(もしかして、今でも……)

英治は喉もとまで出かかった言葉を呑《の》みこんだ。

今でも、紗理奈は雅人を想っているのではないか。そして、夫はそのことに気づいている。それでも、やさしく見守っているのかもしれない。

「どうして、オートバイに……嫌いだったでしょう」

気になっていたことを尋ねる。紗理奈は恋人の命を奪ったバイクを憎んでいたはずだ。

「知りたかったんです。まーくんが夢中になっていたオートバイのこと……どんな気持ちで乗っていたのか……」

紗理奈は伏し目がちにつぶやいた。

意外な言葉だったが、わからなくもない。雅人が好きだったバイクのことを知りたくて免許を取り、同じ型のバイクを購入したのだろう。

「免許は十八歳のときに取りました。それから、オートバイでお墓参りに行くようになりました」

雅人が亡くなった翌年だ。そんなに早くからバイクに乗っていたとは思いもしなかった。

紗理奈は気持ちを落ち着かせるようにウイスキーを飲んだ。

英治もグッと呷《あお》り、空になったふたりのグラスにウイスキーを注いだ。雅人のぶんまで飲む必要がある。先ほどよりも多めに注いでおいた。

「それで、わかったんです。まーくんがどんな気持ちでオートバイに乗っていたのか」

そこで紗理奈は言葉を切ると、こみあげるものをこらえるように下唇をキュッと噛《か》んだ。

「わたし、なにもわかっていなかったことに気づいたんです。まーくんのことも、片田さんの気持ちも……」

紗理奈がグラスを口に運ぶ。

少しペースが早いと思ったが、英治はなにも言わなかった。誰だって酔いたいときがある。酔わないとやっていられないときがあるのだ。

「オートバイって、危ない乗り物じゃないですか。わかっているけど、乗りたくなる魅力があるんですよね」

紗理奈の言葉に、英治は静かに頷いた。

口を挟むつもりはないが、共感していることは示したい。バイク乗りにしかわからないことがある。二十年前の紗理奈には、なにを言っても無駄だった。しかし、今の紗理奈には、なにも言う必要がなかった。

「待っている人がいるから、必ず無事に帰らなければならない。まーくんも、そのつもりで乗っていたはずなんです」

ついにこらえきれなくなり、紗理奈の目から涙が溢れた。

愛する人のもとに帰る。当然、雅人もそう思っていたが、事故に遭ってしまった。大好きなバイクで命を落として、愛する人を悲しませてしまったのだ。本人がいちばん無念なはずだ。

「わたし、ひどいことをたくさん言ったのに……片田さんは、なにも言い返しませんでした」

「バイク乗りは、バイクで死ぬのがいちばん格好悪いことなんだ……雅人の口癖です」

英治はぽつりとつぶやき、ウイスキーを喉に流しこんだ。

「最低限のルールを守れなかったんだから、言いわけはできません。それは雅人といっしょに走っていた俺も同じです」

「片田さんも悲しかったはずなのに、わたし、自分のことばっかりで……あのときは本当にすみませんでした」

紗理奈はそう言って、わっと号泣する。大粒の涙が次から次へと溢れて、白い頬を伝い落ちた。

「俺はいいんです。あいつのために、泣いてやってください」

「うっ、ううっ……」

英治が声をかけると、紗理奈はさらに泣いてしまう。両手で顔を覆って、今にも椅子から転げ落ちそうだ。

「危ないですよ」

とてもではないが見ていられず、彼女の肩を抱いてベッドに移動させる。すると、紗理奈は英治の肩に寄りかかって涙を流した。

（今でも、雅人のことを……）

かける言葉が見つからない。英治は彼女の背中を擦《さす》りつづけることしかできなかった。

## 6

「片田さんが来てくれて、うれしかった」

独りごとのようなつぶやきだった。

紗理奈は泣きやんだが、英治の肩にもたれたままだ。遠い目をして、ライティングデスクに置いてあるグラスを見つめていた。グラスのなかに残っているウイスキーが、琥珀《こはく》色のまったりした光を放っている。

「いつか謝りたいと思っていたんです。手紙や電話ではなく、直接……」

「謝る必要なんてないですよ」

英治の声は、彼女の耳に届いていないらしい。柔らかい頬を肩に押し当てて、静かに語りつづける。

「でも、時間が経ちすぎてしまって、会いに行く勇気がなくて……」

「俺もずっと墓参りをしたいと思っていました。でも、どうしても勇気が出なくて、ずるずると……」

英治も胸に秘めていた思いを吐露する。

言葉にすることで、長年ためこんでいた重くて苦しいものが、すっと軽くなる気がした。

「霊園の駐車場で、片田さんのオートバイを見たときは心臓がとまるかと思いました。まーくんの部屋に写真がありました。片田さんにやっと会えたのに、どうしていいのかわからなくて逃げてしまって……」

「俺もＮｉｎｊａを見て驚きました。追いかけてよかった。雅人と同じバイクだったから、つい……」

話せば話すほど、ただの偶然とは思えない。きっと雅人が引き合わせてくれたのだろう。

「こうしていると、まーくんを思い出します」

紗理奈が肩に頬ずりをして、英治の腰に片手をまわした。

さらに距離が近くなっている。紗理奈の革パンツに包まれた太腿《ふともも》と、英治のジーパンの太腿が密着していた。

「バイク乗りの匂い……汗と排気ガスがまざった匂いです」

静かに息を吸いこむ音がする。隣を見やれば、紗理奈は懐かしげに目を細めていた。

「これ以上は……」

英治はそう言いながら、離れることができない。彼女の肩をしっかり抱き、引き寄せていた。

「旦那さんが待ってますよ」

「今夜は……いいんです」

紗理奈が意を決したようにつぶやく。そして、英治の腰にまわした手に力がこめられた。

「いや、でも……」

「区切りにしたいんです。夫のためにも……」

消え入りそうな声だった。

夫はすべてを知ったうえで受けとめてくれる。それなのに、紗理奈の心は雅人に向いていた。そろそろけじめをつけて、夫の気持ちに応えたいと思っているのだろう。

彼女の考えていることがわかるから、英治はどうしても突き放すことができない。頭ではいけないと思いつつ、強い力で抱き寄せていた。

（俺も……）

ずっと過去に囚《とら》われてきた。

だが、そろそろ前を向いて生きていかなければならない。それには、なにかきっかけが必要だ。

「本当に、いいんですね」

口にした瞬間、野暮なことを言ったと思う。ところが、彼女は濡れた瞳でこくりと頷いた。

「これきりにしますから……」

その言葉にすべての思いが集約されている。

紗理奈は人妻だ。しかし、今はひとりの女に戻ろうとしている。英治も今だけは、すべてを忘れようと心に決めた。

「お酒……」

紗理奈がグラスに手を伸ばす。もう少し酔いたいのかもしれない。英治はその手をそっとつかんだ。

「飲みすぎですよ。やめたほうがいい」

「そんなこと言わないでください」

紗理奈がせつなげな瞳で見つめる。至近距離で視線が重なり、胸の鼓動が一気に速くなった。

「じゃあ、ひと口だけ……」

英治が語りかけると、紗理奈はこくりと頷いた。

「飲ませてもらえますか」

甘えるような口調になっている。

英治はライティングデスクに置いてあるグラスを手に取り、琥珀色の液体を口に含んだ。

紗理奈の顎に指を添えて、顔を少し上向かせる。唇をそっと重ねれば、彼女は静かに睫毛を伏せた。半開きになった唇にウイスキーを流しこむ。紗理奈は躊躇《ちゅうちょ》することなく、喉を鳴らして飲みほした。

「はンンっ……」

そのまま舌を挿し入れると、紗理奈は色っぽい声を漏らして抱きついた。

熱い口腔《こうこう》粘膜を舐《な》めまわして、ウイスキーの香りがする甘い唾液をすりあげる。柔らかい頬の内側やツルリとした歯茎を舌先でくすぐり、さらに奥へと進んでいく。

「あふっ……はふンっ」

すぐに紗理奈も応じてくれる。鼻を鳴らしながら舌を伸ばして、ねちっこくからみつかせてきた。

(まさか、こんなことに……)

英治は異常なほどの興奮を覚えていた。

紗理奈とディープキスすることになるとは思いもしない。予想していなかったからこそ、一気に燃えあがる。舌をヌルヌルと擦り合わせれば、瞬く間に気分が高揚していく。

キスをしながら、右手をTシャツの胸のふくらみに重ねる。ゆったり揉《も》みあげれば、さらに気持ちが高まった。ブラジャーのカップが邪魔をしているが、そんなことは関係ない。この下に乳房があると思うだけで、ボクサーブリーフのなかのペニスが疼《うず》きはじめた。

「うむっ……」

欲望が急速にふくれあがっている。

カップごしに乳房を揉みつつ、彼女の柔らかい舌を吸いあげた。唾液ごとジュルルッとすすりあげて、飲みくだすことをくり返す。そうしながら、女体をベッドの上にそっと押し倒した。

「はあンっ……片田さん」

唇を解放すると、紗理奈が力なく名前を呼ぶ。それに答えるように、英治は彼女のTシャツをまくりあげていく。白くて平らな腹が見えて、さらに白いレースのブラジャーが露になる。

熟れた双乳はたっぷりしており、呼吸に合わせて微かに上下していた。英治はすかさず背中に手を滑りこませてホックをはずすと、女体からブラジャーを奪い取った。

「あっ……」

紗理奈は小さな声を漏らして、顔を横に向ける。しかし、剝《む》き出しになった乳房を隠すことはなかった。

双《ふた》つのふくらみがタプタプと波打っている。できたてのプリンのように揺れており、先端には濃い紅色の乳首がちょこんと乗っていた。乳輪も同じ色で大きめなのが卑猥《ひわい》だ。

「はンっ」

両手を乳房の下側にあてがうと、紗理奈は睫毛をそっと伏せる。英治の愛撫《あいぶ》に身をまかせるつもりらしい。

（そういうことなら……）

遠慮せずに乳房を揉みあげる。両手の指をめりこませて、柔肉をゆったりとこねまわしにかかった。

（柔らかい……なんて柔らかいんだ）

英治は思わず両目を見開いた。

熟れた乳房は蕩《とろ》けそうな感触だ。指先がいとも簡単に沈んで、そのままどこまでも吸いこまれていく。乳房が手のなかでひしゃげて、乳首が自己主張するように迫《せ》り出した。

「す、すごい……」

欲望にまかせてむしゃぶりつく。乳首を口に含んで吸いあげると、舌を這《は》わせて転がした。

「あああッ」

紗理奈の唇から甘い声がほとばしる。女体がビクッと反り返り、直後に乳首がふくらみはじめた。

「そ、そこは……あぁッ」

それまで黙っていた紗理奈が慌てたように声をあげる。

どうやら乳首が感じるらしい。それならばと唾液をたっぷり塗りつけて、チュウチュウと音を立てて吸いまくる。すると、先端が硬くとがり勃《た》ち、乳輪まで充血してふくらんだ。

「ああンっ、ダメです」

「ここが感じるんですね」

「敏感なんです……だから、やさしく……」

紗理奈が濡れた瞳で訴える。その表情が色っぽいから、ますますいじめたくなってしまう。

英治は双つの乳首を交互にしゃぶり、舌先でピンッ、ピンッと弾《はじ》いては、執拗《しつよう》に吸いあげた。

「あっ……あっ……っ、強いです」

抗議するようにつぶやくが、乳首はますます硬くなっている。身体《からだ》が反応しているのは間違いない。強い愛撫でこんなにも感じているのだ。

「たまには、こういうのも悪くないでしょう」

英治は乳首を吸いあげて、充血したところに前歯を当てる。そのまま甘噛みしてやれば、まるで感電したように女体が跳ねた。

「ひああッ……い、いやっ」

口ではそう言いつつ、紗理奈は両手で英治の頭を抱えこんでいる。突き放すことなく、自分の乳房に引き寄せていた。

あのやさしい旦那は、紗理奈がいやと言うことは決してやらないだろう。しかし、本気で拒絶しているとは限らない。感じすぎて怖いというだけで、反射的に口走っていることもある。

「ひいッ、あひッ……あああッ」

硬くなった乳首に歯を立てては、唾液を乗せた舌でやさしく転がす。双つの乳首を同じように愛撫すると、紗理奈はヒイヒイ喘《あえ》ぐだけになった。

（よし、そろそろ……）

次の段階に進んでもいいころだ。

革パンツのボタンをはずしてファスナーを引きさげる。前を開くと、白いレースのパンティがチラリと見えた。

「おおっ……」

英治は思わず声をあげてしまう。

ハードなイメージの黒い革パンツの下に穿いていたのは、女性らしい白いレースのパンティだ。意外性のある組み合わせが牡《おす》の本能を刺激して、ペニスが完全に勃起した。

「いや……恥ずかしいです」

紗理奈がつぶやき、革パンツの内腿をもじもじ擦り合わせる。そんな仕草も英治の欲望を煽《あお》り立てた。

肌に密着する革パンツを引きおろして、つま先から抜き取った。さらにパンティも脱がすと、紗理奈は一糸まとわぬ姿になる。股間に茂っている陰毛は、逆三角形に整えられていた。

（こ、これが、あの紗理奈さん……）

二十年前に罵倒されたときのことが脳裏をよぎる。

当時十七歳だった紗理奈は、すっかり大人の女性になっていた。むっちりした太腿を開いて、赤々とした女陰を剝き出しにする。すでに大量の果汁が溢れており、トロトロに蕩けていた。

紗理奈は顔をまっ赤にして、羞恥に耐えるように下唇を嚙んでいる。それでいながら、内心では期待しているのだろう。身体は正直に反応して、恥裂から新たな華蜜が溢れていた。

「我慢しなくてもいいんですよ」

英治は彼女の脚の間で腹ばいになると、口を女陰に押し当てる。いきなり舌を這わせて、愛蜜をチュウチュウ吸い立てた。

「ウ、ウソっ、そんなことまで……あああッ」

紗理奈の反応は顕著だ。驚きの声をあげて、腰を右に左によじらせる。割れ目を舌で舐めあげるたび、艶めかしい喘ぎ声を響かせた。

「そ、そんなところ……はああッ」

もしかしたら、旦那がやらない愛撫なのかもしれない。紗理奈の反応を見ていると、そんな気がした。

（それなら……）

ますます熱をこめて女陰をしゃぶる。二枚の花弁に舌を這わせては、口に含んで華蜜ごと吸いあげた。

「ああンっ、そんなに舐めないで……あああッ」

「もっと感じてください。今日だけは思いきり乱れていいんですよ」

声をかけながら、とがらせた舌を膣口《ちつこう》に埋めこんだ。

「はあああッ」

紗理奈が股間を突きあげる。脚を大きく開き、英治の頭を両手で抱えこんだ恥ずかしい格好だ。

夫を裏切る行為に官能の炎が燃えあがっているのかもしれない。今夜のことはふたりだけの秘密だ。明日になれば英治は稚内を離れる。しばらく会うことはないだろう。だからこそ、無条件で快楽に溺れることができるのだ。

愛蜜の量が増えるが、英治は女陰から口を離さない。膣のなかを舌でかきまわして、執拗にねぶりつづけた。

「はあああッ、も、もうっ、あぁあああああッ！」

紗理奈がいっそう大きな声をあげて、身体に小刻みな痙攣《けいれん》が走り抜ける。

軽い絶頂に達したらしい。英治に股間をしゃぶられて、早くもエクスタシーの波に呑みこまれたのだ。

7

（俺の手で、紗理奈さんが……）

達成感が胸にこみあげる。英治は股間から顔をあげると、愛蜜にまみれた口を手の甲で拭った。

紗理奈は裸体をシーツの上に投げ出して、息をハアハアと乱している。絶頂の余韻に浸っているらしい。瞳は焦点が合わなくなっており、天井をぼんやり見あげていた。

（でも、俺はまだ……）

最高潮に興奮している状態だ。

英治は服を脱ぎ捨てて裸になると、勃起したペニスを露出させる。そして、女体に覆いかぶさろうとしたときだった。

「待って……」

紗理奈が身体を起こして、英治の手を引いた。

「横になってください。今度はわたしが……」

誘導されるまま、英治はベッドの中央で仰向《あおむ》けになった。すると、紗理奈が脚の間に入りこんで正座をする。そのまま前屈《まえかが》みになり、我慢汁が付着したペニスにキスをした。

「ンっ……硬いです」

「シャワーを浴びてないから……」

断ろうとするが、彼女は股間から顔を離さない。それどころか、舌を伸ばして亀頭をペロペロ舐めはじめた。

「濃い匂いが好きなんです」

紗理奈は目を細めて言うと、尿道口に吸いついた。

我慢汁を吸いあげながら、亀頭を徐々に呑みこんでいく。唇をゆっくり滑らせて、ついにはペニスの先端を口内に収めた。

「ううッ……」

たまらず快楽の呻《うめ》き声が溢れ出す。

亀頭が熱い吐息に包まれているのだ。柔らかい舌が這いまわり、まるで飴玉《あめだま》のようにしゃぶられる。腰が情けなく震え出して、新たな我慢汁が次から次へと溢れ出した。

「ンっ……ンっ……」

紗理奈が首をゆったり振りはじめる。上目遣いに英治の顔を見ながら、ペニスをしゃぶっていた。

(ま、まさか、こんなことが……)

こんな日が来るとは思いもしない。英治は快楽にまみれながら、自分の股間を見つめていた。

あの紗理奈がペニスを丁寧に舐めている。会わないうちに人妻となり、今は英治にフェラチオしているのだ。唾液に包まれた竿《さお》の表面を彼女の柔らかい唇が滑るたび、射精欲がふくれあがっていく。

「そ、それ以上、されたら……」

英治は慌てて訴えた。

両手で彼女の頭を挟みこみ、首振りを中断させる。そうしなければ、すぐにでも暴発しそうだった。

「我慢できなくなったんですか?」

紗理奈はペニスを吐き出すと、うれしそうに目を細める。そして、太幹の根元に指を添えながら、英治の股間にまたがった。

両膝をシーツにつけた騎乗位の体勢だ。屹立《きつりつ》したペニスの真上に、濡れそぼった女陰が位置している。紗理奈が尻をゆっくり下降させることで、割れ目が亀頭の先端に密着した。

「あンっ……」

彼女の甘い声と華蜜の弾けるクチュッという音が重なった。

「さ、紗理奈さん……」

亀頭の先端が、今にも恥裂の狭間《はざま》に入りそうになっている。こうして触れているだけで媚肉《びにく》の熱さが伝わり、またしても我慢汁が溢れ出した。

「わたしが上になっても、いいですよね」

紗理奈は内緒話をするように小声でささやき、さらに尻を落としこむ。ヌプッという感触とともに、亀頭が熱い媚肉に包まれた。

「くううッ」

膣口が収縮して、カリ首を締めつける。いきなり快感の波が湧き起こり、英治は慌てて全身の筋肉に力をこめた。

「ああンっ……すごく熱くなってます」

顎を少しあげて喘ぐと、紗理奈はさらに尻を落としていく。反り返った肉棒がどんどん埋まり、ついには根元まで完全につながった。

「さ、紗理奈さん……」

名前を呼ぶと不思議な気持ちになる。

出会ったのは二十年前だが、それきりだった。今日まで一度も会わず、連絡すら取っていない。それなのに再会して数時間後には、こうして生まれたままの姿になりセックスをしていた。

「片田さん……ああっ」

紗理奈は両手を英治の腹に置くと、腰をゆったり振りはじめる。ペニスを根元まで膣に収めた状態での前後動だ。陰毛を擦りつけるように動かすことで、密着感はそのままに快感がふくらんでいく。

「ううッ、き、気持ちいいっ」

「ああンっ、大きいです」

たまらず英治が呻くと、紗理奈も甘い声を漏らす。そして、腰を振るスピードを少しずつあげて、ペニスをより深い場所まで引きこんだ。

「おううッ、吸いこまれる」

「奥まで届いています……はンンっ」

紗理奈は背中を反らすと、まるで肉棒を味わうように腰を回転させる。ねちっこい円運動で、張り出したカリを自ら膣壁に擦りつけた。

「なかが擦れて……あううッ、すごいです」

愛蜜の分泌量が増えている。クチュッ、ニチュッという湿った蜜音が部屋のなかに響きわたった。

英治は仰向けの状態で、腰を振る紗理奈を見あげている。自分は動いていないのに、快感がどんどんふくらんでいく。目の前で大きな乳房が揺れるのも、視覚から欲望を煽っていた。

両手を伸ばして、下から乳房を揉みあげる。柔肉に指をめりこませると、それだけでテンションがアップした。ぷっくり隆起している乳首を摘《つ》まみ、指先でクニクニとこねくりまわす。

「はああッ、そ、それ、ダメですっ」

紗理奈の喘ぎ声が大きくなり、同時に膣がキュウウッと収縮する。ペニスが絞りあげられて、頭のなかが熱く燃えあがった。

「し、締まってます、ううッ」

英治も真下から股間を突きあげる。ペニスを深く突き入れて、亀頭を膣道の奥まで送りこんだ。

「あぁッ、そ、そんなにされたら……あああッ」

紗理奈の喘ぎ声が大きくなる。

感じているのは間違いない。眉をせつなげに歪めて、半開きになった唇の端から透明な涎《よだ》れが溢れている。潤んだ瞳で英治の顔を見おろすと、股間をグイグイしゃくりはじめた。

「おおッ……おおおッ」

「あぁッ、あああッ」

英治の呻き声と紗理奈の喘ぎ声が重なり、欲望の炎が燃えあがる。

本来、交わるはずのないふたりが、深くつながり腰を振り合っているのだ。背徳感が愉悦を連れてきて、どうしようもないほど高まっていく。気づいたときには目の前に絶頂が迫っていた。

「おおッ、おおッ、で、出そうだっ」

「あぁあッ、だ、出してっ、出してくださいっ」

紗理奈の切羽つまった声が、牡の欲望を煽り立てる。射精欲が一気にふくれあがり、目に映るものすべてが真紅に染まった。

「くおおおッ、も、もうダメだっ、ぬおおおおおおおおッ！」

媚肉に包まれたペニスが脈動して、熱いザーメンが勢いよく噴きあがる。今はなにも考えることなく、ただ快楽に溺れていく。凄《すさ》まじい愉悦の嵐が吹き荒れるなか、雄叫《おたけ》びをあげて精液を放出した。

「ああぁッ、い、いいっ、イクッ、イクイクッ、あぁあああああああッ！」

紗理奈もよがり泣きを響かせて、熟れた裸体を仰《の》け反《ぞ》らせる。灼熱《しゃくねつ》のほとばしりを膣奥に注がれた衝撃で、同時にアクメの急坂を駆けあがった。

ペニスを思いきり食い締めてて、下腹部を艶めかしく波打たせる。結合部分から華蜜がお漏らしのように溢れ出す。紗理奈はしばらく仰け反ったまま固まっていたが、急に脱力して英治の胸板に倒れこんだ。

「だ、大丈夫ですか？」

慌てて抱きしめるが、紗理奈は息を乱すだけで返事をしない。

睫毛をうっとり伏せており、乳首はビンビンに勃起したままだ。まだ絶頂の余韻を嚙みしめているらしい。

（紗理奈さん……）

気づくと見惚《みと》れていた。

女の悦びに酔いしれている横顔は美しい。どこか晴れ晴れとして見えるのは、気のせいだろうか。

彼女の記憶から雅人が消えることは永遠にない。しかし、そろそろ思い出にしてもいいころではないか。英治と再会したことがきっかけで、前を向けるようになってほしかった。

（俺は、もう……）

新たな一歩を踏み出せそうな気がする。

親友の死を受けとめて、思い出を胸に生きていく。そうすることが、いちばんの供養になると信じたかった。

# 第五章　旅の終わりに愛しき女

## 1

翌日、午前十時にチェックアウトすると、近くのコンビニに立ち寄った。駐車場の車止めに腰かけて、おにぎりとウーロン茶の朝食を摂《と》りつつ、メールのチェックをする。

『お墓参りに来てくださって、ありがとうございました。またこちらに来るときはご連絡ください』

紗理奈からのメールだ。

昨夜、彼女は遅くなってから自分の部屋に戻り、それきり会っていない。どちらが先にチェックアウトしたのかもわからなかった。メールは当たり障りのない内容だ。すべてを忘れるつもりなのだろう。

（これでいいんだ……）

英治も同じ考えだ。

昨夜の交わりは、決して許されることではないとわかっている。それでも、ふたりには必要なことだった。

長年、お互い胸にためこんでいたものがあった。それをわかり合える相手はほかにいない。ふたりが肌を重ねることでしか、前に進めなかった。これで、ようやくそれぞれの道を歩んでいける。

『ありがとうございます』

英治はそれだけ打ちこんで返信した。

多くを語ることはない。このひと言だけで、紗理奈はすべてを理解してくれるだろう。

もう一通、メールが届いていた。

『淋《さび》しいです。今日はどこにいますか』

その文面を見た瞬間、思わず笑みがこぼれると同時に、胸に熱いものがこみあげた。

（葉子……）

心のなかで名前を呼ぶだけで、愛《いと》しさがひろがった。

いつも淡々としたメールだったが、めずらしく感情を露《あらわ》にしている。淋しいなどと書いてきたのは、これがはじめてではないか。彼女の想《おも》いが伝わり、すぐに飛んで帰りたくなった。

『会いたい』

長い文章は照れくさくて苦手だ。ひと言だけ書きこむと、気が変わる前に送信ボタンを押した。

だが、すぐに後悔する。もうすぐ五十になろうという男が、会いたいなどと書くのは女々しかったのではないか。そんなことを考えていると、メールの着信があった。

『わたしも』

ひと言だけの返信だ。

葉子も照れながら送信ボタンを押したのではないか。想像すると、どうしようもなく心が浮き立った。

『こらから札幌に向かう。今夜、会えるか』

『はい。連絡、待ってます』

またしても笑みが漏れてしまう。

旅の疲れは蓄積しているが、メールのやり取りで元気が湧いた。稚内から札幌までは三百キロ以上の道のりだ。愛する者が待っている以上、絶対、無事に帰らなければならない。

（よし、行くか）

ヘルメットをかぶり、グローブをつける。まずはガソリンスタンドに寄り、満タンにしてからスタートだ。

稚内から札幌に向かうルートはいくつかあるが、日本海側のルートを南下する予定だ。昔、何度も走ったことがあるので土地勘がある。それに距離が短く、順調なら最短時間で札幌に着くはずだ。そして、なにより海沿いの道は景色がよくて気持ちがいい。

しかし、天気が悪いと海沿いのルートは風が強くて苦労する。バイクは車より風の影響をはるかに受けるのだ。天候が悪化すれば内陸のルートを取るが、走行距離が延びて時間がかかってしまう。

（でも、今日は大丈夫だ）

スマホで天気予報はチェック済みだ。

眩《まぶ》しい青空がひろがり、白い雲が高い位置を漂っている。ツーリング日和とはこのことだ。

早く葉子に会いたい。

しかし、無事に帰ることが先決だ。深呼吸をして心を落ち着かせると、これまでよりも慎重にアクセルを開いた。

まずは国道40号線を走り、天塩《てしお》川を越えてから国道232号線に入り、日本海に抜ける。そこからは、ひたすら海沿いを南下していく。天気がいいので日本海が輝いており、最高の景色だ。

この日本海沿いの道路はオロロンラインと呼ばれていて、絶景を楽しめることで知られている。オロロンという名称は、日本海北部に生息しているウミガラスの鳴き声が由来だ。

とくに夕方の眺めが素晴らしい。小樽《おたる》方面から北上すると、日本海に沈む夕日を堪能《たんのう》できる。愛する女性と訪れれば、ロマンティックな雰囲気になるのは間違いない。

（いつか、きっと……）

脳裏に浮かぶのは葉子の顔だ。

自分でも不思議に思うほど惹《ひ》かれている。無事に再会することだけを考えながら、気持ちのいい道路を走っていく。

疲れをためると危険なので、小まめに休憩を挟むことを忘れない。ガス欠にも気をつけながら、海沿いの道をひたすら南下する。

午後二時前、留萌《るもい》に到着した。

腹が減ったので国道沿いの食堂に入り、海鮮丼を注文する。しばらくして出てきたのは、エビやホタテ、イクラにカニなどが載った豪華な丼だ。ふだんはやらないが、思わずスマホを出して写真を撮った。

『今、留萌です』

写真を添えて葉子にメールを送信する。そして、さっそく食べはじめた直後に返信があった。

『すごくおいしそうですね。気をつけて帰ってきてください』

葉子の文面が、いつもより弾んでいる気がする。

うれしくなって海鮮丼を一気に平らげた。心が浮き立っているせいか、かつてないほどうまく感じた。

## 2

札幌が近づくにつれて道が混んできた。

お盆休みなので仕方がないが、渋滞ぎみでノロノロ運転の場面が増える。信号も増えるので、少し走ってはとまるのくり返しだ。バイクはバランスを取らなければならないので、こういう運転がいちばん疲れる。

留萌を出たのは午後二時半だったので、午後五時くらいには到着すると思っていた。しかし、もうすぐ午後六時になろうとしている。ツーリングではよくあることだが、予定よりも大幅に遅れていた。

（あと少しだ……）

心のなかで自分に言い聞かせながら走りつづける。

数日離れていただけなのに、夕日に染まった街がやけに懐かしく感じるから不思議なものだ。最後まで気を抜かず、慎重に自宅を目指した。

マンションの地下駐車場のスロープをくだっていく。自分の駐車スペースにバイクを乗り入れると、ギアをニュートラルにしてエンジンを切り、サイドスタンドを立てた。

（帰ってきた……）

思わず大きく息を吐き出して、顔をうつむかせる。安堵《あんど》すると同時に全身から力が抜けた。

出発するときと、まるで心境が変わっている。

わずか三泊の旅だったが、前を向いて生きる気力が湧いていた。長年の懸念だった親友の墓参りをすることができた。紗理奈と話すことができたのもよかったと思う。

そして、なにより葉子の存在が大きい。

自分を想ってくれる人がいる。その喜びが原動力となり、どこか投げやりだった英治の心に変化を与えた。まさか五十を目前に控えて、こんな気持ちになるとは思わなかった。

人はいくつになっても恋をするものだ。そんな話をどこかで聞いたことがあるが、身をもって実感した。

（さてと……）

気力を振り絞ってバイクから降りる。そして、グローブをはずすと、ヘルメットを取った。

「お帰りなさい」

そのとき、背後から声をかけられてドキリとする。まさかと思いながら振り返ると、いちばん会いたい人が立っていた。

白いノースリーブのブラウスに、濃いグリーンのフレアスカートを穿《は》き、裾からナマ脚が伸びている。夏っぽいサンダルを履いており、前回は赤かったペディキュアは艶感のあるピンクになっていた。

「葉子……」

急激にこみあげる想いをこらえて呼びかける。

「どうして、ここに……まさか、ずっと待っていたのか?」

「駐車場の入口が見えるところに喫茶店があったので、そこに……」

葉子の言葉に驚かされる。

いつ帰ってくるかわからないのに、喫茶店で待っていたらしい。そして、英治のバイクを目にして、ここに来たのだろう。

「着いたら連絡するつもりだったのに」

「待ちきれなくて……」

葉子はそう言うと、静かに歩み寄ってきた。最初は微笑を浮かべていたが、近づくにつれて瞳が潤み出す。そして、ついにはこらえきれない涙が溢《あふ》れて頰を伝い落ちた。

「帰ってきてくれて、ありがとうございます」

英治の胸板に額を押し当てると、震える声で告げる。

心配していたのだろう。その気持ちがはっきり伝わってきた。以前の英治だったら重く感じたはずだ。誰かが気にかけてくれるのはありがたいことだが、それを受け入れる余裕がなかった。

でも、今は違う。葉子がどんなに苦労をしてきたのか知っている。父親をバイク事故で亡くして、つらく悲しい思いをしてきたのだ。

「心配かけて悪かった」

英治が語りかけると、葉子は額を押し当てたまま首を小さく左右に振った。

「わたしが、勝手に待っていただけですから」

その言葉ではっとする。

自分たちは交際しているわけではない。それなのに、葉子はこんなにも心配して、英治の帰りを待っていてくれた。彼女の気持ちを知っていながら気づかないフリをつづけるのは、もうやめるべきだ。

「葉子……つき合ってくれないか」

肩をそっと抱き、耳もとでささやきかける。

旅の間にも考えていたが、顔を見たことでさらに気持ちが高まった。こうして触れ合っていると、胸が熱くなっていく。

「いきなり、どうしたんですか?」

葉子が顔をあげて、英治の顔を見つめる。潤んだ瞳の奥に、疑問と不安、それに期待が見え隠れしていた。

「どうもこうもない。葉子のことが好きなんだ」

目をまっすぐ見つめて、真剣に告げる。

すると、葉子の瞳に新たな涙が盛りあがり、やがて決壊して流れ出す。真珠のような涙が頰を伝い、顎の先からコンクリートの床に滴り落ちた。

「うれしい……英治さんがそんなこと言ってくれるなんて……」

葉子はそこで黙りこんでしまう。

感極まったのか、手で口を抑えて言葉にならない。英治は急《せ》かすことなく、彼女が話せるようになるのを待ちつづけた。

「わたしも、英治さんが好きです。よろしくお願いします」

ようやく口を開くと、英治の首に手をまわす。そして、顔をすっと寄せて睫毛《まつげ》を伏せた。

（ここでかよ……）

英治は思わず周囲に視線をめぐらせる。

いつ誰が来てもおかしくないマンションの駐車場だ。キスぐらいは問題ないと思うが、恥ずかしさが先に立ってしまう。だからといって、ここで突き放すわけにもいかなかった。

「んっ……」

英治は唇をそっと押し当てた。

軽い口づけをして部屋に向かうつもりだった。ところが、葉子はそのまま唇を離そうとしない。そればかりか、舌をヌルリッと挿し入れる。そして、口内を濃厚に舐《な》めまわしはじめた。

（お、おい、激しいな……）

誰かに見られたらと思うと落ち着かない。しかし、葉子の情熱的なキスがうれしくもある。

「葉子……うむっ」

英治はお返しとばかりに、舌を深く挿し入れた。

甘い唾液をすすりあげて飲みくだせば、愛しさが胸にこみあげる。気分がどんどん盛りあがり、彼女のくびれた腰を抱き寄せた。

「あンっ……待ってください」

さすがに焦ったのか、彼女のほうから唇を離す。そして、しっとり濡《ぬ》れた瞳で見つめてきた。

「お部屋に行ってもいいですか？」

甘えるような言い方がかわいらしい。上目遣いで照れたような笑みを浮かべている。葉子がこんな顔をするとは知らなかった。新たな一面を知った気がしてうれしくなる。

「もちろんだよ」

英治の声は弾んでいた。

楽しくて仕方がない。こんな気持ちになるのは久しぶりだ。無事に帰ってくることができて、本当によかったと思う。

「旅のお話、聞かせてください」

そう言われて、内心ドキリとする。顔には出さないが、言えないことがたくさんあった。

（それにしても……）

なぜか女性との出会いが多かった気がする。

英治は人生にあきらめているところがあったので、それが逆に女性の興味を引いたのかもしれない。今にして思うと、久しぶりのツーリングは英治に男を思い出させる旅でもあった。

「部屋に行こうか。今日は泊まっていけるんだろ？」

さりげなさを装って尋ねると、葉子は急に黙りこんで顔を赤く染めあげる。

出発前夜の大胆な行動が頭にあったので、そんなに照れるとは思っていなかった。予想外の反応に、英治もとまどってしまう。

「い、いや、ヘンな意味じゃないぞ。うまい酒があるから、それをいっしょに飲もうと思っただけだ」

なにやら言いわけがましくなるが、懸命に取り繕った。

「はい……」

葉子は楽しげに目を細めて頷《うなず》いてくれた。ふたりは肩を並べて地下駐車場を歩き、エレベーターに乗りこんだ。

3

「これだよ」

英治は棚の奥にしまってあった酒のボトルとグラスをふたつ手にすると、キッチンからリビングに戻った。

「ワインですか？」

ソファに腰かけている葉子が首を傾げる。

「グラッパだよ」

英治は隣に座ると、さっそくボトルの栓を抜いた。

「グラッパってなんですか？」

「イタリアの蒸留酒だよ。ワインを作るときに出るブドウの搾りかすが原料なんだ」

英治のお気に入りはグラッパ・ディ・サッシカイアだ。アルコール度数が四十度もあるとは思えないほど飲みやすい。甘い香りも心地《ここち》よくて、定期的に飲みたくなる酒のひとつだ。

「飲んだことないです」

「それなら、ちょうどいい機会じゃないか」

ふたつのグラスに注《つ》いでいく。ほんのりと黄金色に輝く美しい酒が、ゆらゆらと揺れている。

「まあ、飲んでみなよ」

英治が勧めると、葉子はグラスを手に持った。

「乾杯しましょ」

「そうだな。じゃあ、乾杯」

英治もグラスを持ってかかげる。

無事、札幌に帰ってきたこともあるが、今日はふたりの交際記念日だ。なにか特別な感じがして楽しくなった。

「カンパーイ」

めずらしく葉子がはしゃいだ声をあげた。

会社では物静かだが、ふたりきりのときはいつもと違う顔を見せてくれる。自分だけが彼女の素顔を知っているのがうれしかった。

「あっ、おいしいです」

葉子がつぶやき、柔らかい笑みを浮かべる。口に合ったらしく、あっという間にグラスを空けてしまった。

「ゆっくり飲んだほうがいいぞ。四十度だからな」

慌てて忠告するが、葉子は楽しそうにしている。すると、英治も幸せな気分になり、ついつい酒が進んでしまう。

「旅のお話、聞かせてください」

「そうだな――」

英治はツーリングを思い返した。

たった三泊の旅だが、内容は濃いものになった。いろいろあったが、葉子には話せないことも多い。どこを走って、どんな人と出会ったかを時系列順に話していく。当然ながら、女性たちとの交流は省略した。

「露天風呂ですか。いいですね」

「今度、いっしょに行くか」

つい軽い調子で口走ってしまう。

しかし、いっしょに行くのはいいが、バイクでタンデムするのか、それとも車なのか、まったく考えていなかった。彼女の父親はバイク事故で亡くなっているので、軽率な発言だったかもしれない。ところが、葉子はニコニコしながら頷いてくれた。

「連れていってください。英治さんといっしょなら、どこにでも行きます」

「そうか。必ず行こう」

こうして言葉を交わすだけで心が温まる。細かいことは、これからつき合っていくうえで決めればいい。今はこの至福の時間を堪能したかった。

「京香ちゃんにも会ったんですよね」

「いろいろ話したよ。葉子のことを気にかけてたな」

「かわいい子だったでしょう」

葉子が顔をのぞきこんでくる。なにかを探るような目つきになっており、英治は慌てて表情を引き締めた。

「やさしそうな女性だったよ」

当たり障りのない言葉を返す。ヘンに勘ぐられると、あとあと面倒なことになりそうだ。

「それだけですか？」

「働き者だったよ」

英治が真顔で答えると、葉子はふっと力を抜いて微笑《ほほえ》んだ。

「京香ちゃん、元気だったんですね。それならよかったです」

どうやら、幼なじみの様子を確認したかっただけらしい。とくに疑われていたわけではないとわかってほっとする。

「このグラッパ、うまいだろ」

空になったグラスにグラッパを注ぎ、またふたりで乾杯する。

「すごくおいしいです」

「おいおい、飲んでもいいけどペースが早いぞ」

「だって、今夜は泊まってもいいんですよね」

いきなり、ドキッとすることを口にする。そして、葉子は反応を楽しむように英治の顔を見つめた。

「もちろんだよ。当たり前だろ」

平静を装って答えるが、出発前夜のことが脳裏に浮かんでしまう。

——つづきは、また今度、お願いします。

あのとき葉子は大胆な愛撫《あいぶ》を施したあとで、そう言った。

大人の男と女のつき合いなら、することはひとつしかない。疲れがたまっているはずなのに、英治の心は昂《たかぶ》っていた。

グラッパを飲むほどに気分が盛りあがる。好きな人とうまい酒を飲む。これ以上の幸せがあるだろうか。

ふたりのグラスに注ぎ足しながら、葉子と出会えたことを心から感謝する。今日は人生最良の日だ。葉子とふたりなら、この先、もっと楽しいことがたくさんあるだろう。

「英治さん……」

葉子がつぶやき、肩に寄りかかる。

「酔ったのか？」

「違います。くっついていたいんです」

拗《す》ねたように言うと、葉子は英治の体に両手をまわして抱きついた。

今日はずいぶん甘えてくる。そんな彼女がかわいくて、思わず押し倒したくなるが、ギリギリのところで踏みとどまった。

「汗くさいだろ」

「大丈夫です」

葉子はそう言うが、一日中、バイクで走っていたのだ。汗だけではなく、排気ガスの臭いもこびりついている。

はじめての夜だ。ツーリングの汚れを落としてから肌を重ねたい。自分のせいで愛する人を穢《けが》すわけにはいかない。葉子は誰よりも美しい。いつまでもきれいなままでいてほしかった。

「シャワー、浴びてくるよ」

「早く戻ってきてくださいね」

英治の気持ちが伝わったのか、葉子は意外にもあっさり手を離した。

リビングをあとにすると、急いで脱衣所に向かう。自分でシャワーを浴びてくると言っておきながら、ひとりになると落ち着かなくなってしまう。早く彼女のもとに戻りたい。

服を脱いで裸になり、バスルームに入ってカランをまわした。熱めのシャワーを頭から浴びて、汗を流していく。そして、ボディソープのボトルに手を伸ばそうとしたときだった。

「失礼します」

背後でドアの開く音がして、葉子の声が聞こえた。

4

「ごいっしょしても、いいですか？」

遠慮がちな声だった。

振り返ると、そこには全裸の葉子が立っていた。黒髪をアップにまとめて、頬をほんのり桜色に染めている。恥ずかしげにしているが、自分で服を脱いで入ってきたのだ。

右手で乳房を、左手で股間を覆っている。しかし、たっぷりした乳房を隠せるはずもなく、柔らかそうな柔肉が手のひらから溢れていた。しかも、頂上に鎮座しているピンク色の乳首がチラリとのぞいている。

「よ、葉子……」

思わず女体を凝視してしまう。

くびれた腰の曲線が艶《なま》めかしい。白くてむっちりした太腿《ふともも》も魅力的だ。股間を隠す仕草が、逆に牡《おす》の欲望が煽《あお》り立てた。

「背中を流そうと思って……」

葉子は消え入りそうな声でつぶやき、うしろ手にドアを閉める。そして、英治の背後に歩み寄った。

「そ、そうか……じゃあ、お願いしようかな」

動揺を隠せないが、断る理由もない。英治がつぶやくと、葉子はボディソープのボトルに手を伸ばした。

そのとき、股間から手を離したことで恥丘が露になった。

陰毛は短くそろっており、楕円《だえん》形に整えられている。ふだんからそうしているのか、それとも今夜のために手入れをしたのか。いずれにせよ、英治の目を楽しませていた。

「あんまり見ないでください」

葉子は耳までまっ赤にしながら、手のひらでボディソープを泡立てる。そして、背中をそっと撫《な》ではじめた。

ヌルッ、ヌルッと滑る感触が、いきなり欲望を刺激する。葉子の手つきがやさしいため、焦《じ》れるような感覚がひろがっていく。たまらず腰をよじると、背後でふふっと笑う声が聞こえた。

「もしかして、くすぐったいですか？」

いたずらっぽい言い方だ。どうやら、わざと我慢できない刺激を送りこんでいたらしい。

「やったな」

英治は振り返ると、ボディソープを手に取って泡立てる。

「今度は俺の番だぞ」

「なにをするつもりですか？」

「決まってるだろ。葉子の身体《からだ》を洗うんだよ」

両手を乳房に重ねて、円を描くように撫でまわす。曲線にそってやさしく動かすと、自然と手のひらで乳首を転がすことになる。

「あっ……わ、わたしは大丈夫ですから」

身体をヒクヒク震わせながら葉子がつぶやく。しかし、英治は聞く耳を持たずに乳房を撫でつづける。

「洗ってほしいところがあったら言うんだぞ」

手にひらに触れている乳首が、ぷっくりふくらむのを感じる。だから、なおさら集中的に乳首を転がした。

「あンっ、そ、そこは、もう……」

葉子が腰を右に左によじらせる。

乳首への刺激に耐えられなくなったらしい。英治は別の反応を見ようと、両手を彼女の腋《わき》の下に滑りこませた。

「ひンっ、く、くすぐったいです」

とたんに葉子が眉をせつなげに歪《ゆが》めて訴える。

その表情が色っぽくて、もっと見たくなってしまう。柔らかい腋の下をヌルヌルと擦り、甘い刺激を送りこんだ。

「ここは汗をかいてるんじゃないか」

「ひッ、ああッ……そ、そこはダメです」

葉子は肩をすくめて、くすぐったがる。そして、反撃するつもりなのか、ボディソープが付着した手を英治の股間に伸ばした。

「ううッ……」

ペニスを握られて、思わず呻《うめ》き声が漏れてしまう。泡だらけの指がヌルリッと滑り、鮮烈な快感が走り抜けた。

「もう硬くなってます」

指摘する葉子の声は、どこかうれしそうだ。英治が反応していることに気をよくしたのか、微笑を浮かべながらゆったり擦りはじめた。

「くううッ、ま、待て……」

英治の声を無視して、葉子はペニスを擦りつづける。尿道口から大量の我慢汁が滲《にじ》んで、亀頭をぐっしょり濡らしていく。

しかし、英治も受け身になっているわけではない。腋の下から脇腹を撫でおろすと、その手を太腿の間に滑りこませる。指先を女陰にあてがえば、ボディソープとは異なるヌメリが指先に触れた。

「ああンっ……」

葉子の唇から甘い声が漏れて、バスルームの壁に反響する。膝が崩れそうになり、くびれた腰がクネクネと揺れた。

「そ、そこは……はああンっ」

「もうぐっしょりじゃないか」

指先で割れ目をなぞりながら、目を見てささやきかける。華蜜の量はどんどん増えており、湿った音が響きはじめた。

「だ、だって……英治さんが……」

葉子は抗議するように言いつつ、手ではペニスをしっかりしごいている。カリ首を執拗《しつよう》に擦ったかと思えば、我慢汁にまみれた亀頭を指先でヌルンッ、ヌルンッと刺激した。

「硬い……ああっ、硬いです」

「ううッ……よ、葉子っ」

互いの性器をまさぐることで、ふたりは同時に昂っていく。

もう、これ以上は耐えられない。身体をシャワーで流すと、葉子の背中を壁に押しつけた。

「なにをするんですか？」

「今すぐ葉子がほしいんだ」

とにかく、愛しい女とひとつになりたい。そして、思いきり腰を振りたい。かつてないほど欲望が切迫していた。

英治は右手で彼女の左脚を持ちあげると、腋の下に抱えこんだ。葉子は股間をぱっくり開いた片脚立ちの格好だ。

「ま、まさか……ここで？」

「我慢できない。いいだろう」

「ま、待ってください、こんなの怖いです」

訴える声が震えている。葉子は壁に寄りかかり、不安げな瞳で英治を見つめていた。

「お部屋に行きましょう」

「大丈夫、しっかり支えるから」

英治はそのまま股間を寄せると、亀頭を陰唇に密着させる。そして、真下から突きあげるようにして、ペニスの先端を膣口《ちっこう》に埋めこんだ。

「はああぁッ、お、大きいっ」

葉子の唇から喘《あえ》ぎ声がほとばしる。バスルームでエコーがかかり、艶めかしさに拍車がかかった。

「おおおッ、すごく熱いよ」

さらに股間を突きあげて、太幹を根元まで挿入していく。亀頭が深い場所まで入りこみ、壁に寄りかかった女体が仰《の》け反《ぞ》った。

「くうッ、全部入ったぞ」

「あンンっ、そ、そんなに奥まで……」

葉子の顎が跳ねあがり、いっそう激しい喘ぎ声が溢れ出す。膣が猛烈に収縮して、ペニスを思いきり締めつけた。

「葉子……」

顔を寄せて呼びかけると、葉子は自ら唇を重ねてくれる。そのまま自然とディープキスになり、舌をねっとりからませた。

「はンンっ……もう、強引なんだから」

葉子が拗ねたようにつぶやく。しかし、濡れた膣道はペニスをしっかり食いしめていた。

「強引なのは、嫌い？」

「嫌い……じゃない」

そう言いながら、葉子は焦れたように腰をくねらせる。膣のなかでペニスが滑り、甘い感覚がひろがった。

「動くよ。いいね」

膝の屈伸を利用して、緩やかなピストンを開始する。いきり勃《た》った肉棒をゆっくり出し入れすると、とたんに湿った音が響きはじめた。

「あッ……あッ……え、英治さん」

すぐに葉子が喘ぎ出す。両手を英治の首にかけて、甘えるように瞳で見つめている。自然と動いてしまうのか、英治のピストンに合わせて股間をクイクイしゃくっていた。

「ううッ、気持ちいいっ」

英治が呻くと、葉子はうれしそうに目を細める。そして、再び口づけをしかけてきた。

「ああンっ、好き……好きです」

唇を重ねてはささやき、ねちっこく舌をからませる。その間も股間をしゃくりあげており、常にペニスを刺激していた。

「お、俺も、好きだ……葉子が好きだ」

「ああッ、うれしいっ」

「くううッ、そ、そんなに締められたら……」

快感の波が次から次へと押し寄せる。ピストンが自然と速くなり、ペニスを奥までたたきこむ。亀頭が行きどまりに到達するたび、女体が敏感に反応して仰け反った。

「ああッ、は、激しいっ、あああッ」

ひと突きごとに、葉子の喘ぎ声が大きくなる。英治の体にしがみつき、女壺をかきまわされる快楽に溺れていく。華蜜の量が増えており、結合部分はドロドロになっていた。

「も、もうっ……ううッ、もう出そうだっ」

「わたしも、もう……あああッ」

英治が快感を訴えれば、葉子も切羽つまった喘ぎ声を響かせる。

心が通じ合っているせいか、すぐに限界が来てしまう。もっと長く愛し合いたいが、残念がることはない。これから何度でも交わることができる。ふたりは身体だけではなく、心でもつながっているのだ。

「くおおおッ、よ、葉子っ」

ラストスパートの抽送に突入する。彼女の脚と腰をしっかり抱えこみ、全力でペニスを突きあげた。

「あああッ、い、いいっ、来て、英治さんっ、来てくださいっ」

葉子の甘い声がバスルームに反響する。ペニスで突かれる感覚に酔いしれながら、膣道を猛烈に収縮させた。

「おおおおッ、で、出るっ、葉子ぉっ、おおおッ、くおおおおおおおッ！」

ついに最後の瞬間が訪れる。男根を女壺の奥深くまで埋めこみ、熱い媚肉《びにく》のなかで精液をドクドクと放出した。太幹が思いきり暴れまわり、大量のザーメンが噴きあがった。

「あああッ、い、いいっ、イクッ、イクイクッ、あああッ、イクうううッ！」

葉子も同時によがり泣きを響かせる。全身をガクガク震わせて、股間から透明な汁をプシャアアッとしぶかせた。感じすぎて潮を吹いたらしい。ペニスをきつく食いしめながら、なおも高みに昇りつめていく。

「あああッ、いいっ、いいっ、はああああああッ！」

「す、すごいっ、くうううッ！」

英治も射精がとまらない。ペニスを奥へ奥へと引きこまれて、熱いザーメンを延々と注ぎこんだ。

凄《すさ》まじい絶頂の嵐が吹き荒れる。ふたりは快楽の大波に呑《の》みこまれて、揉《も》みくちゃにされていた。頭のなかがまっ白になり、唇の端から涎《よだ》れが溢れて滴り落ちる。それでも腰を振りつづけて、愉悦の海にどっぷり浸った。

どれくらい時間が経《た》ったのだろうか。

バスルームにはふたりの乱れた息づかいだけが響いている。満足したペニスがヌルリッと抜けて、膣口から白濁液がドロリッと溢れた。

かつて経験したことのない激烈なオルガスムスだった。愛する者とのセックスは、気が遠くなるほどの快楽を生み出した。

「ずっといっしょにいてくれ」

英治がささやくと、葉子はこっくり頷いた。

「絶対に離さないでくださいね」

素直に甘えてくれるのが、涙ぐむほどうれしかった。

きつく抱きしめて見つめると、葉子は恥ずかしげに睫毛を伏せる。唇を重ねれば、どちらからともなく舌を伸ばして絡め合った。

抱きしめるほど好きになる。せつなくなるほど愛おしい。どんなことがあっても、この女性を幸せにすると心に誓った。

本書は書き下ろしです。

# 実業之日本社文庫　最新刊

阿川大樹
**終電の神様　殺し屋の夜**
反対方向の終電に飛び乗ったエンジニア、終電で赤子を捨てに行く女性――運命も罪も、終電が変えていく。累計五十万部突破のシリーズ待望の第四作。
あ134

安達瑶
**悪徳令嬢**
理事長の不正が噂される私立大学を舞台に、巻き髪が美しい謎の令嬢と冴えない非常勤講師の凸凹コンビが真相に迫る、ブラックユーモア・ミステリー！
あ88

近衛龍春
**武士道　鍋島直茂**
死ぬことと見つけたり――「葉隠」武士道はこの漢から始まった！　秀吉、家康ら天下人に認められ、戦国乱世の九州を泰平に導いた佐賀藩藩祖、激闘の生涯！
こ62

櫻井千姫
**ひとりぼっちの殺人鬼**
「人を殺してみたかった」と親友を殺害した少女。彼女が隠し持つ本当の動機とはいったい…。心の闇に棲む孤独な殺意を追う、戦慄のヒューマンミステリー。
さ102

白井智之
**お前の彼女は二階で茹で死に**
自殺した妹リチウムの仇を討つために、刑事になったヒコボシ。事件の謎を解くのは女子高生探偵マホマホ。スラッシャー小説×本格ミステリ‼（解説・乾くるみ）
し91

# 実業之日本社文庫　好評既刊

葉月奏太
## ももいろ女教師　真夜中の抜き打ちレッスン
うだつの上がらない中年教師が、養護教諭や美人教師と心と肉体を通わせる……。注目の作家が放つハートウォーミング学園エロス！
は6 1

葉月奏太
## 昼下がりの人妻喫茶
珈琲の香りに包まれながら、美しき女店主や常連客の美女たちと過ごす熱く優しい時間——。心と体があったまる、ほっこり癒し系官能の傑作！
は6 2

葉月奏太
## ぼくの管理人さん　さくら荘満開恋歌
大学進学を機に〝さくら荘〟に住みはじめた青年は、やがて美しき管理人さんに思いを寄せて——。ほっこり癒され、たっぷり感じるハートウォーミング官能。
は6 3

葉月奏太
## 女医さんに逢いたい
孤島の診療所に、白いブラウスに濃紺のスカートを纏った、麗しき女医さんがやってきた。23歳で童貞の僕は診療所で…。ハートウォーミング官能の新傑作！
は6 4

葉月奏太
## しっぽり商店街
目覚めると病院のベッドにいた。記憶の一部を失っていた。小料理屋の女将、八百屋の奥さんなど、美女と会うたび、記憶が甦り…ほっこり癒し系官能の新境地！
は6 5

# 実業之日本社文庫　好評既刊

葉月奏太
**寝取られた婚約者　復讐代行屋・矢島香澄**
IT企業社長・羽田は罠にはめられ、彼女と会社を奪われる。香澄に依頼するも、暴力団組長ともうひとりの復讐代行屋が立ちはだかる。超官能サスペンス！
は611

葉月奏太
**癒しの湯　仲居さんのおもいやり**
人生のどん底にいた秀雄は、山奥へ逃げた。自殺を覚悟した時、声をかけられる。彼女は、若くて美しい旅館の仲居さん。心が癒される、温泉官能の決定版！
は612

草凪優
**堕落男《だらくもの》**
不幸のどん底で男は、惚れた女たちに会いに行く――。堕落男が追い求める本物の恋。超人気官能作家が描くセンチメンタル・エロス！（解説・池上冬樹）
く61

草凪優
**悪い女**
「セックスは最高だが、性格は最低」。不倫、略奪愛、修羅場を愛する女は、やがてトラブルに巻き込まれて――。究極の愛、セックスとは!?（解説・池上冬樹）
く62

草凪優
**愚妻**
専業主夫とデザイン会社社長の妻。幸せな新婚生活のはずが…。浮気現場の目撃、復讐、壮絶な過去、ひりひりする修羅場の連続。迎える衝撃の結末とは!?
く63

# 実業之日本社文庫　好評既刊

草凪 優
冬華と千夏
近未来日本で、世界最新鋭セックスＡＩアンドロイドがデビュー。人々は快楽に溺れる。仕掛け人は冬華。著者渾身のセクシャルサスペンス！（解説・末國善己）
く69

草凪 優
私を抱くと死ぬらしい
売れなくなったモデルの清奈。ある日、彼女を抱いた男が死んだ——。その後も、負の連鎖が止まらない。恐怖とエロスが交錯する、超官能サスペンス！
く610

沢里裕二
桃色選挙
野球場でウグイス嬢をしていた春奈は、突然の依頼で市議会議員に立候補。セクシーさでは自信のある彼女はノーパンで選挙運動へ。果たして当選できるのか!?
さ314

沢里裕二
処女総理
中林美香、37歳。記者から転身した1回生議員。彼女のもとにトラブルが押し寄せる。警護するのはＳＰ真木洋子。前代未聞のポリティカル・セクシー小説！
さ315

沢里裕二
処女刑事　琉球リベンジャー
日本初の女性総理・中林美香の特命を帯び、真木洋子は沖縄へ飛ぶ。捜査を進めると、半グレ集団、大手広告代理店の影が。大人気シリーズ、堂々の再始動！
さ316

文日実
庫本業
社之
は 6 13

酒《さけ》とバイクと愛《いと》しき女《ひと》

2022年8月15日　初版第1刷発行

著　者　葉月奏太《はづきそうた》

発行者　岩野裕一
発行所　株式会社実業之日本社
〒107-0062　東京都港区南青山 5-4-30
emergence aoyama complex 3F
電話［編集］03(6809)0473［販売］03(6809)0495
ホームページ　https://www.j-n.co.jp/
DTP　ラッシュ
印刷所　大日本印刷株式会社
製本所　大日本印刷株式会社

フォーマットデザイン　鈴木正道（Suzuki Design）


ISBN978-4-408-55750-2（第二文芸）